SU DESEO DE NAVIDAD

ELLIE ST. CLAIR

Traducido por
CRISTINA HUELSZ

ÍNDICE

Prólogo	1
Capítulo 1	5
Capítulo 2	13
Capítulo 3	23
Capítulo 4	32
Capítulo 5	41
Capítulo 6	51
Capítulo 7	59
Capítulo 8	67
Capítulo 9	73
Capítulo 10	83
Capítulo 11	93
Capítulo 12	101
Capítulo 13	109
Capítulo 14	117
Capítulo 15	124
Capítulo 16	134
Capítulo 17	144
Capítulo 18	154
Capítulo 19	164
Capítulo 20	174
Capítulo 21	182
Capítulo 22	189
Epílogo	199
Otras Obras de Ellie St. Clair	205
Sobre la autora	207
Notas	209

♥ © Copyright 2019 Ellie St. Clair

© de la traducción 2021 Cristina Huelsz

Título original: *Her Christmas Wish*

Traducción: Cristina Huelsz

Reservados todos los derechos.

Queda rigurosamente prohibida, sin la autorización escrita de los titulares del copyright, bajo las sanciones establecidas en las leyes, la reproducción total o parcial de esta obra por cualquier medio o procedimiento, incluidos la reprografía y el tratamiento informático, así como la distribución de ejemplares mediante alquiler o préstamo públicos.

Facebook: Ellie St. Clair

Cubierta AJF Designs

¿Quieres conocer mis últimas novedades? ¡Apúntate aquí a mi newsletter en español!

Otras obras de Ellie
Los escándalos de las inconformistas
Diseños para un duque
Inventando al vizconde
Descubriendo al barón
El experimento del criado

Las Rebeldes de la Regencia
Dedicada al amor
Sospechosa de amor

Novias Florecientes
Un duque para Daisy
Un marqués para Marigold
Un conde para Iris

* * *

Libros de ingles: www.elliestclair.com

❇ Creado con Vellum

PRÓLOGO

Navidad, 1800

Desearía que la Navidad durara todo el año.

—¡Emily, qué tontería! —dijo su hermana Teresa con una risa cariñosa desde su silla al otro lado de la mesa.

—Creo que lo que Emily quiere decir es que sería maravilloso tener el espíritu de la Navidad a nuestro alrededor sin importar la época del año —dijo su madre suavemente mientras Emily le pasaba el budín de ciruelas con una sonrisa de agradecimiento.

—Sí, Teresa, eso exactamente —dijo Emily asintiendo mientras hundía su cuchara en el postre, buscando una de las pequeñas chucherías que su madre solía hornear en él. —¿No te gustaría el pudín de ciruelas después de la cena todas las noches?

—Supongo que sí —aceptó Teresa de mala gana. Era un

año más joven que Emily, pero recientemente había decidido que era mucho más madura que sus quince años.

—Y —comentó Teresa, con los ojos brillantes —entonces ¡habrá muchas más oportunidades de que te encuentres bajo el muérdago!

—¡Vaya! —declaró su padre, George, levantando sus gruesas cejas mientras colocaba sus fornidos brazos encima de la mesa de roble que él mismo había fabricado. —No creo que eso deba ser una prioridad en este momento, jovencita.

—Oh, no te preocupes, padre, Teresa no ha besado a nadie todavía, por mucho que le gustaría —compartió Emily con su familia, sin importarle la mirada molesta que Teresa le envió.

—¿Qué? —le dijo Emily. —Sabes que no nos guardamos secretos.

—Tal vez sea hora de que lo hagamos —murmuró Teresa. —Que no puedas decir una mentira no significa que debas ofrecer la información aunque no te la pidan.

—Niñas —dijo su madre con una leve advertencia. —Habrá un momento para besarse bajo el muérdago dentro de unos años. Por ahora, podemos disfrutar creando el muérdago en lugar de pasar tiempo debajo de él.

—La familia Nicholls vendrá a visitarnos más tarde —dijo Teresa con una sonrisa traviesa. —Tal vez James y Emily puedan encontrar su camino bajo el muérdago.

—James y yo sólo somos amigos, Teresa, como bien sabes —señaló Emily poniendo los ojos en blanco, aunque se preguntó si Teresa podría tener razón alguna vez. Emily y James habían hecho un pacto no hacía mucho tiempo. Si no estaban casados antes de cumplir los veintiún años, se casarían entre ellos. Esa era una información que Emily no estaba dispuesta a ofrecer, y estaba segura de que nunca se cumpliría. Faltaban cinco años y estaba segura de que para entonces encontraría a alguien a quien amar de verdad. Lo que no haría por tener un amor como el de sus padres. Miró a los dos con una pequeña sonrisa. Incluso a lo largo de esta misma cena, notó que su padre miraba a su madre de vez en cuando como si acabara de ver a la mujer más hermosa del mundo por primera vez. Era tan encantador que a Emily casi se le saltan las lágrimas.

No es que ella fuera a decir nada. Teresa sólo lo tomaría como otra oportunidad para burlarse de ella. Emily anhelaba un romance con un hombre casi tanto como el día en que se convertiría en madre.

Todos los niños presentes esta noche en la iglesia habían estado angelicales, bueno, excepto el niño Smith, que había corrido de un lado a otro del pasillo hasta que los Smith tuvieron que marcharse. Pero aparte de eso, el servicio había sido resplandeciente, con velas encendidas por todo el pequeño edificio, y las docenas de personas que había dentro cantando juntas en armonía.

—¿Por qué la Navidad es tan especial? —preguntó Emily ahora, mirando a sus padres de uno a otro. —¿Por qué siempre le hemos dado tanta importancia?

Su padre dejó el cuchillo y el tenedor sobre su plato mientras le prestaba toda su atención.

—En nuestra familia, la Navidad siempre ha sido una época especial del año —dijo. —Fue en Navidad cuando tu madre y yo nos conocimos y siempre nos hemos asegurado de mantener las mismas tradiciones año tras año. La tradición puede hacer que surjan sentimientos bastante cálidos, ya que nos trae recuerdos. Todo esto se suma a lo que realmente celebramos, por supuesto: el nacimiento de nuestro Salvador.

—El nacimiento de cualquier bebé es motivo de celebración —añadió su madre, Mary. —Pero el nacimiento del Niño Jesús lo hace mucho más especial.

Emily asintió. Esto lo discutían cada Navidad, para no

perder nunca de vista el verdadero significado de esta época del año. Suspiró con nostalgia. James tenía una hermana pequeña, y Emily la adoraba. Era en parte por lo que disfrutaba pasando tiempo con él: podía ver a la bebé también.

—No quiero que esto cambie nunca —dijo, mirando a su familia alrededor de la mesa mientras el tronco de Navidad crujía en la chimenea. —Me encanta este tiempo que podemos pasar juntos. Este día es muy especial, y no puedo imaginarlo sin ninguno de vosotros.

Su madre le dedicó una sonrisa.

—Algún día todo será diferente —dijo Mary. —Las dos van a casarse y tendrán a sus propias familias, y entonces ustedes empezarán nuevas tradiciones.

—Pero quizás parte de esa tradición pueda ser que estemos todos juntos—. Emily miró alrededor de la mesa. Por mucho que deseara tener su propia familia, no podía imaginarse dejando a ésta. —Por favor, hagamos esa promesa... Que, pase lo que pase, estaremos juntos en Navidad. Tal vez no sea el día de Navidad o el de Año Nuevo, pero en algún momento de la temporada, debemos reunirnos y compartir este momento. ¿Lo prometen?

Ella miró a cada uno de ellos con atención.

—Por supuesto, si eso es lo que sigues deseando —dijo su madre con una sonrisa, y su padre asintió con la cabeza. Emily miró a Teresa.

A pesar de que se empeñaba en afirmar que estaba muy lejos de cualquier cosa excesivamente sentimental o infantil, Teresa asintió.

—Sí, Em, estaremos juntos. Te lo prometo.

Emily sonrió y volvió a comer de su plato de comida.

Mientras estuvieran juntos, la Navidad guardaría para siempre ese sentimiento especial en su corazón. De eso estaba segura.

CAPÍTULO 1

Noviembre, 1816

—Ahora cierra los ojos, toma la cuchara, remueve en el sentido de las agujas del reloj y, lo más importante, ¡pide tu deseo!

Henrietta le sonrió a Emily antes de cerrar los ojos con fuerza, tomar la cuchara con su pequeña mano y empezar a remover. Sus labios se movieron mientras susurraba:

—Deseo una muñeca nueva. Una con cabello real del color del sol y ojos pintados tan azules como el cielo.

Emily sonrió ante el inocente deseo de una niña antes de que Henrietta le pasara de mala gana la cuchara a su hermano, Michael, que ponía los ojos en blanco.

—Se supone que es un deseo secreto, Hen —dijo él mientras tomaba la cuchara.

A él no le entusiasmaba tanto su turno de remover, pues se consideraba muy por encima de la tarea de preparar el pudín de Navidad, pero eso no le impidió cerrar los ojos y arrugar la frente en señal de concentración mientras pedía su deseo.

—Oh, señora Nicholls, cómo me gusta el día de revolver —dijo Henrietta, mirando a Emily con ojos tan azules como los de la muñeca que deseaba.

—Es un día divertido, ¿verdad, cariño? —dijo Emily con una suave sonrisa al recordar lo especial que había sido para ella el día de revolver cuando era joven.

—*Especialmente* porque significa que pronto llegará la Navidad —dijo Henrietta con entusiasmo. —¿No le gustaría que pudiéramos comer el pudín *hoy*? Es tan difícil esperar.

Su tono pasó de emocionado a melancólico mientras suspiraba con fuerza y Emily tuvo que contener la risa ante el dramatismo.

—Lo comprendo, Henrietta, pero una vez que llega el día, el pudín es mucho más especial —explicó, y Henrietta asintió en señal de comprensión.

—¿Se quedará con nosotros este año por Navidad, señora Nicholls? La echamos de menos el año pasado.

—Lo sé, Henrietta, y me encantaría estar con ustedes también, pero es cuando voy a casa a ver a mi propia familia. Y tú puedes pasar todos tus días con tus padres.

Henrietta suspiró una vez más.

—Lo sé. Es que mamá y papá son muy *aburridos*.

Emily tuvo que morderse el labio para mantener la cara seria, incluso cuando oyó a la cocinera resoplar desde su lugar en la estufa.

—Vamos, Henrietta, tus padres no son para nada aburridos —dijo Emily una vez que se aseguró de que se había tranquilizado. —Simplemente tienen muchas responsabilidades que atender, eso es todo. Ahora, ¿volvemos arriba? Si quieres, tenemos tiempo para jugar fuera antes de tus clases.

Eso llamó la atención de Michael, que se apresuró a salir

de la cocina y subir las escaleras tan rápido como pudo. Emily se despidió de la cocinera con una sonrisa antes de tomar la mano de Henrietta y seguir a su otro pupilo por las escaleras. Aunque disfrutaba bajando a los niños a la cocina de vez en cuando, ciertamente no envidiaba a los sirvientes que pasaban su vida debajo de las escaleras. La cocina era espaciosa y estaba bien mantenida, pero, independientemente de la época del año, siempre era sofocante y demasiado oscura para su gusto.

Emily ansiaba el aire libre y siempre se sentía aliviada cuando la familia Winmere se retiraba a su casa de campo. Llevaba casi dos años como institutriz de su hijo y su hija, y aunque lord y lady Coningsby podían ser bastante aburridos, como los describía su propia hija, Emily no tenía nada malo que decir de ellos. Le permitían una gran libertad para tratar a sus pupilos como ella considerara oportuno, y sabía que amaban profundamente a sus hijos, sólo que no parecían entender muy bien cómo relacionarse con ellos.

—¿Señora Nicholls? —Henrietta tiró de su mano. —¿Podemos ir a ver el salón de baile? Las doncellas están empezando a prepararlo para la fiesta de la semana que viene, ¡y no puedo esperar a ver cómo queda!

—No estoy segura de que haya mucho que ver todavía —dijo Emily, ya que faltaba casi una semana para el evento, que iba a significar el regreso de los Winmeres al campo. —Pero sí, podemos ir a ver. Por un minuto, es todo.

—¡Maravilloso! —exclamó Henrietta mientras corría hacia la puerta del salón de baile, con los ojos muy abiertos mientras miraba el extravagante salón.

Aunque Emily, por supuesto, tenía que mantener una reserva mucho más estoica, sin duda podía entender la emoción de la niña. El salón de baile era impresionante por sí solo, con arcos dorados y mosaicos de ángeles retozando en las nubes que caían en cascada por el techo y las paredes.

El suelo reflejaba la forma de los cuadros que había encima, y unas intrincadas columnas corintias bordeaban la sala. El Adviento estaba a punto de comenzar, y Emily sabía que pronto habría una exuberante vegetación esparcida por la habitación para significar la llegada de la temporada navideña.

Suspiró al ver a las sirvientas que se apresuraban a recorrer el salón de baile para su preparación, y luego logró esbozar una rápida sonrisa cuando llamó la atención del ama de llaves, que estaba supervisando todo el asunto. ¿Cómo sería, se preguntó Emily, ser una invitada a un evento así? Cerró los ojos al recordar su propio deseo secreto cuando le tocó remover el budín. El deseo había sido involuntario, pero se había imaginado a sí misma vestida con el mejor vestido de baile dorado, con un pecho bajo de encaje y una falda fluida que le llegaba a los tobillos. En su visión, había estado sin sus anteojos, lo cual era bastante tonto, ya que no habría podido ver ni un metro frente a ella sin ellos. Llevaba el cabello recogido en un estilo que Lady Coningsby estaría orgullosa de llevar, con suaves tirabuzones, de un color tan sencillo como el suyo, que le rozaban suavemente el costado de la cara.

Emily sacudió la cabeza para librarse de tal pensamiento. Ella era una institutriz, y era afortunada por tener ese puesto. Su hermana menor, Teresa, había estado buscando un puesto así, pero después de haber pasado dos meses evitando las manos manoseadoras de su anterior empleador, ahora vivía con sus padres hasta que pudiera encontrar otro puesto, o si podía, un esposo.

—¿Señora Nicholls?

Emily bajó la vista para descubrir que Henrietta estaba tirando de su mano una vez más.

—Michael ya está fuera, dirigiéndose al establo. ¿Podemos ir a buscar nuestras capas ahora?

—Por supuesto —respondió Emily con una sonrisa, diciéndose a sí misma que no debía ser tan tonta mientras seguía a Henrietta por la puerta. Era más afortunada de lo que podía imaginar, y sería mejor que recordara tal cosa. Tenía un puesto que cualquier institutriz envidiaría. Ganaba lo suficiente para ayudar a mantener a sus padres lo mejor posible. Y tenía la capacidad de cuidar a niños encantadores. ¿Deseaba, en el fondo de su corazón, tener el suyo propio para cuidarlo? Por supuesto que sí. Pero esto era lo más cerca que iba a estar.

* * *

La fachada de ladrillos rojos se cernía sobre Charles Blythe, conde de Doverton, mientras permanecía frente a ella con un bastón en una mano y un sombrero en la otra. Una brisa helada le rozaba llevando consigo los susurros del invierno, lo que le hacía temblar a pesar de su pesada capa hecha con uno de los mejores materiales que se pueden encontrar en Londres.

Su ayuda de cámara estaba detrás de él, esperando nervioso con la maleta de Charles en la mano, balanceándose de un pie a otro como si no supiera qué hacer exactamente con ella mientras su patrón permanecía inmóvil frente a su propia propiedad.

No era la gran propiedad, con alas que se extendían hacia el este y el oeste entre las llanuras que las rodeaban, lo que asustaba a Charles. Era lo que le esperaba dentro, o mejor dicho, quién le esperaba dentro.

—¡Lord Doverton! —el mayordomo finalmente tomó la decisión por él y abrió la puerta principal, gritando su saludo para ser escuchado. —Nos complace darle la bienvenida a casa. ¿Cómo estuvo Londres?

—Muy bien —dijo Charles con un movimiento de cabeza

mientras elegía la escalera curva de la izquierda y comenzaba a subir los estrechos escalones de piedra. —Me alegro de verlo, Toller, como siempre.

Era cierto. El jovial mayordomo llevaba ya unos veinticinco años con su familia. Le costaba creer que hubiera pasado tanto tiempo. Pero el tiempo se le escapaba, reflexionó mientras le pasaba a Toller su sombrero y su capa y continuaba por la entrada hasta el grandioso salón de mármol.

—Si quiere ver a Lady Margaret, está en la sala de música —dijo Toller, tomando su sombrero y su capa.

—¿La sala de música?

—Sí. Últimamente se ha aficionado al pianoforte.

Algo más que su propio mayordomo sabía mientras que Charles no tenía ni idea de tal cosa. ¿Debería entrar ahí? ¿O debería tomar un trago antes para fortalecerse? ¿Por qué estaba siendo tan ridículo?

Porque ella le había robado el corazón, por eso. Y la última vez que él había intentado darle a conocer su afecto, ella lo había rechazado a él y a todo lo que él podía ofrecerle, eligiendo en su lugar permanecer dentro del duro caparazón que había construido a su alrededor.

—¿Sabe ella que estoy aquí? —preguntó Charles al canoso mayordomo, dirigiéndole sólo la más breve de las miradas para que Toller no viera lo afectado que estaba por este reencuentro.

—Sabe que usted llega esta noche, milord —respondió Toller antes de salir de la habitación.

Charles cuadró los hombros y se armó de valor mientras atravesaba el opulento vestíbulo de mármol y el salón abovedado, recorriendo el pasillo curvo, hasta llegar a la sala de música en el ala izquierda de la casa. Recordó que su esposa tenía inclinaciones musicales, aunque no habían pasado suficiente tiempo juntos como para que él se familiarizara demasiado con sus logros.

La música le llegó mucho antes de que se acercara a la habitación. El tintineo de las teclas del piano flotó por toda la mansión -su casa, aunque hacía muchos años que no la sentía así- y siguió el sonido hasta que finalmente se encontró frente a la habitación, bastante desconocida. Dio un paso vacilante al cruzar el umbral de la puerta, sabiendo que ella lo percibió cuando sus dedos se aquietaron de repente, su cuerpo se puso rígido mientras el silencio llenaba el aire.

Allí estaba sentada, tan quieta y silenciosa como uno de los muchos bustos de mármol que adornaban su casa. Sin la música, el aire se impregnó de la tensión que siempre había existido entre los dos.

El cabello de ella era tan oscuro como lo recordaba, brillando a la luz del intrincado candelabro sobre su cabeza. No podía decir que recordara la estructura de luz. Pero no había visitado esta habitación en los últimos dos años, desde la muerte de su esposa, y ciertamente no la había frecuentado a menudo antes de eso.

Finalmente, ella se giró, y aquellos ojos aguamarina, idénticos a los que se burlaban de él a diario desde el espejo, se clavaron en él. Era aún más hermosa de lo que él recordaba.

Su hija.

—¿Margaret? Estoy en casa —dijo él finalmente, declarando lo obvio, sus palabras resonando en el silencio de la habitación. Cuando la única respuesta de ella fue un gesto de asentimiento antes de que se volviera hacia el instrumento, él continuó. —¿No tienes nada que decirle a tu padre después de todo este tiempo?

Él se encogió ante la dureza que se desprendía de las palabras. La niña se lo tomaría como algo personal y, sin embargo, era con él mismo con quien estaba molesto. Había pasado demasiado tiempo desde la última vez que la vio. Pero tenía miedo. Él, un conde que se sentaba en la Cámara de los Lores, que tomaba decisiones que afectaban no sólo a los que trabajaban para él o vivían de sus tierras, sino a los que vivían en todo el país, no tenía ni idea de qué decir a una niña de ocho años.

Y ella lo sabía.

CAPÍTULO 2

Una semana después

Lord y Lady Coningsby se habían superado una vez más.

Charles se encontraba en lo alto de la escalera mientras contemplaba el salón de baile que tenía ante sí. Estaba anunciado -solo- aunque nadie le prestó mucha atención. Hubo miradas de algunas de las jóvenes elegibles y sus madres, por supuesto, pero la mayoría de las que serían invitadas esta noche ya habían hecho todo lo posible por captar su atención.

Aunque Charles apreciaba el esfuerzo, simplemente no estaba interesado. Pronto encontraría a alguien adecuada. Simplemente no tenía la energía en este momento.

—¡Doverton! —exclamó Lord Coningsby cuando Charles llegó al final de la escalera. —Es bueno verte de nuevo, viejo amigo. Ha pasado un tiempo, ¿no es así?

Charles sonrió al hombre que estaba de pie junto a la

escalera con su esposa del brazo. Los dos habían encontrado satisfacción el uno con el otro, lo que Charles contempló con placer por su amigo y con su propia envidia. Si él y Miriam hubieran encontrado lo mismo el uno con el otro... pero eso ya no importaba, así que ¿por qué insistir en el pasado?

—He estado en Londres durante unos meses y sólo he regresado hace una semana —dijo Charles, volviendo al momento y asumiendo su sonrisa practicada para ocasiones como ésta. —Te habría visitado antes, pero sabía que estarías inmerso en los preparativos para esta noche.

Coningsby se rio con ganas. —Alexandra estaba aquí, por supuesto, pero habría agradecido la distracción. Uno creería que esto se volvería más fácil año tras año, pero por desgracia, sigue siendo tan laborioso como siempre. Ahora, hay muchos aquí que están deseando hablar contigo.

—¿Mi familia? —preguntó Charles con una ceja alzada. —Veo a Anita por allí, así como a Katrina.

—Por supuesto —dijo Coningsby con la más leve de las sonrisas, pues conocía los verdaderos sentimientos de Charles con respecto a sus primos —, pero me refería a unas cuantas jóvenes. No te estás volviendo más joven, sabes, Doverton, y como Miriam se ha ido hace tiempo... ¡ay!

Si hubiesen hablado de otro tema, Charles habría disfrutado del sutil reproche de Lady Coningsby al tema de conversación de su marido, pero prefería que ninguno de ellos siguiera hablando de esto.

—Puede que yo no rejuvenezca, pero parece que las mujeres elegibles si lo hacen —dijo Charles, llenando el silencio mientras observaba la sala. —Vaya, muchas de las mujeres que me miran son lo suficientemente jóvenes como para ser mis hijas.

—Ciertamente *esa* no es forma de crear un sentimiento romántico —dijo Coningsby, riéndose. —Pero tienes que pensar en tu sucesión.

Charles suspiró.

—Eso, amigo mío, es mi mayor preocupación.

Coningsby asintió en señal de comprensión antes de que Charles se despidiera para buscar una bebida, oyendo a Lady Coningsby reprender a su marido mientras se alejaban. Coningsby nunca había tenido mucha habilidad para determinar cuándo debía hablar y de qué, pero Charles realmente disfrutaba de eso en el hombre. Era mucho mejor saber qué esperar.

Acababa de tomar su primer sorbo de brandy, agradeciendo su cálida sensación al deslizarse por su garganta, cuando oyó que lo llamaban por su nombre. Al reconocer la voz, se preparó para que cuando se volviera, su disgusto no fuera evidente en su expresión.

Al parecer, no tuvo tanto éxito como hubiera creído.

—¿Coningsby sirviendo brandy barato? —preguntó su primo Edward al acercarse. Charles intentó hundirse en la pared detrás de él, pero eso sólo sirvió para que retrocediera hasta la piedra, donde le esperaba un alto ángel con alas rosas.

A pesar de que Edward tenía la misma edad que él, ambos nunca se habían llevado bien. Tal vez fuera porque Edward había codiciado todo lo que Charles había llamado suyo, incluida Miriam.

Desgraciadamente, el título, la propiedad y todo lo que ello conllevaba recaerían en Edward si alguna vez le ocurría algo a Charles, ya que no tenía más hermanos y Edward era el pariente de sangre más cercano.

A Charles no le había decepcionado tener una hija. De hecho, aún podía recordar la euforia, el amor que nunca antes había sentido tirando de su corazón en el momento en que sostuvo a la pequeña bebé en sus brazos.

Pero eso fue antes. Antes de los abortos. Antes de que la gélida cortesía de Miriam se convirtiera en una hostilidad que le impedía entrar en su habitación. Antes de que ella no sólo le ocultara a su propia hija, sino que la pusiera en su contra.

Antes de que Charles tuviera que aceptar el hecho de que nunca tendría un hijo, y que un día todo estaría perdido.

No hubo nada que hacer al respecto. Y luego Miriam había muerto, y Charles no podía imaginarse a sí mismo pasando por todo eso una vez más, aunque de todas las responsabilidades que tenía, tal vez cuidar de su linaje era la mayor. Nunca había podido dejar de lado las enseñanzas de su padre: la importancia de asegurar la supervivencia de la línea masculina.

Encontraría una esposa. Una esposa joven y fértil que le diera muchos hijos. Sólo tenía que estar seguro de una cosa: después del dolor de perder el afecto de su hija, no volvería a enamorarse.

* * *

—Señora Nicholls, necesito a mi muñeca, Holly —dijo Henrietta en voz baja, con sus voluminosos ojos azules suplicando a Emily.

Emily suspiró interiormente. Parecía pasar más tiempo buscando la querida muñeca de madera de Henrietta que cuidando a los niños.

—¿Y dónde está, cariño? —preguntó Emily con toda la paciencia que pudo reunir mientras se agachaba frente a la niña. Henrietta se mordió el labio y agachó la cabeza para no tener que ver los ojos de Emily.

—¿Henrietta?

—Díselo, gallina —le dijo Michael desde el otro lado de la habitación, levantando la vista de su libro. Estaban sentados en la guardería, aunque la habitación ya no era adecuada para niños pequeños. Emily la había reformado para convertirla en una especie de biblioteca, y en un lugar secundario donde podían trabajar en sus lecciones cuando la verdadera biblioteca no estaba disponible.

—Sólo puedo encontrarla si me dices dónde está —dijo Emily después de respirar profundamente. —Ya sabes lo importante que es ser sincero con los demás.

—El salón de baile —susurró Henrietta, mirando a Emily con pesar en sus ojos. —Detrás de la última fila de sillas en la esquina junto al ángel con las largas alas rosas.

—¿El salón de baile? Cielos, Henrietta, ¿qué hace ahí?

—Yo quería ver el salón de baile bellamente decorado antes de que comenzara la fiesta, y debí dejar mi muñeca en un rincón cuando el ama de llaves me sorprendió pasando a hurtadillas.

—Henrietta, tendremos que ir a buscarla mañana. Sabes que el salón de baile está en estos momentos lleno de todos los amigos de tus padres.

—¡Oh, por favor, señora Nicholls, debemos encontrarla esta noche! No puedo dormir sin Holly, ¡usted sabe que simplemente no puedo! ¿Y qué pasa si alguien se la lleva? Ella podría haber desaparecido por la mañana!

Emily se apartó unos mechones de cabello de la frente. Ciertamente no tenía ningún deseo de entrar en el salón de baile, lleno de los nobles amigos del vizconde y la vizcondesa, pero Henrietta tenía razón. Si esa muñeca se perdía, habría lágrimas durante muchas noches. Mejor sufrir un momento de vergüenza para ahorrarle a Henrietta y a ella misma algún sufrimiento más adelante.

—Muy bien —dijo con un suspiro. —Siéntate, ahora. Enseguida vuelvo. Luego, directamente a la cama, sin demoras, ¿de acuerdo?

—Oh, gracias, señora Nicholls —dijo Henrietta, ahora todo sonrisas. —Usted sabe que la quiero.

—Y yo a ti. Ahora, vuelvo enseguida.

Emily se apresuró a recorrer el largo pasillo, con la mano en el balcón, antes de llegar a la escalera de la planta baja. La sinfonía musical se hizo más fuerte a medida que avanzaba por las escaleras hasta llegar al rellano. Aquí, las criadas y los lacayos iban de un lado a otro, rellenando las bebidas, añadiendo comida al aparador y recogiendo capas y sombreros.

Con suerte, podría abrirse paso entre la multitud sin que nadie se diera cuenta. Suponía que su aspecto era bastante parecido al de cualquier otro sirviente que se moviera entre los invitados, aunque iba ligeramente mejor vestida que las criadas que servían la comida y la bebida.

Se dirigió de puntillas a la puerta del salón de baile, aunque no era necesario que estuviera en silencio; de alguna manera, eso la hacía sentir menos propensa a ser notada. El ángel rosa estaba pintado en la pared de la esquina más alejada, por supuesto. Emily decidió que se mantendría en las orillas del salón de baile para no ser observada, especialmente por lord y lady Coningsby.

Emily tuvo que admitir que podía ver lo que había atraído a Henrietta a la sala. Ya era impresionante, pero aún más con los lirios blancos del invernadero colocados en lujosos jarrones que adornaban la sala, junto con el laurel, el acebo, la hiedra y el pino, que ya estaban colocados alrededor de las columnas en preparación para la próxima temporada navideña.

Por si fuera poco, la gente que lo llenaba casi abrumó sus sentidos. Sus oídos zumbaban y estaba casi mareada por los olores y las vistas. Las mujeres iban vestidas con extravagantes vestidos de todos los colores, con joyas que les caían por las orejas y el cuello. Llevaban el pelo rizado y trenzado en peinados más elaborados que cualquier cosa que Emily hubiera visto jamás. Probablemente toda su familia podría vivir con el coste de uno de esos vestidos durante todo un año, pensó con pesar, pero luego sacudió la cabeza.

Suficiente con eso. Era afortunada de estar aquí y de trabajar para gente así.

Emily se subió los anteojos a la nariz y volvió a concentrarse en encontrar la muñeca de Emily en lugar de contemplar a los invitados del baile de su empleador.

La muñeca de madera. La encontraría rápidamente, y luego volvería a subir las escaleras, al lugar que le correspondía.

* * *

—Hola, Edward —Charles saludó a su primo.

Por desgracia, Edward se parecía mucho a él, lo suficiente como para que los dos fueran tomados por hermanos muchas veces.

Afortunadamente, no lo eran.

—Charles —dijo Edward con una amplia sonrisa. —Me alegro de verte. Nuestras visitas son demasiado escasas.

O demasiado frecuentes.

—¿Qué te mantiene ocupado estos días, Edward? —preguntó Charles, llevándose la bebida a los labios.

—Esto y aquello. Mantener a mi esposa feliz. Criando a mis hijos. Haciendo lo que puedo para preparar a Thaddeus para su herencia.

—¿Oh? ¿Recibiste dinero recientemente? —preguntó Charles secamente, a lo que Edward rió.

—¡Me refiero al título, Charles! No tienes más que una hija, y me parece que no habrá otra Lady Doverton a juzgar por el interés -o la falta de él- que has mostrado a cualquier dama. Menos mal. Algún día me ocuparé del título, Charles, al igual que Thaddeus. Ah, no te pongas tan triste. Cuidaremos bien de las cosas por ti. De hecho, Leticia ya ha empezado a planear sus renovaciones en Ravenport, como condesa o como viuda.

Ya habían habido más que suficientes renovaciones en Ravenport para su gusto gracias a su esposa. No se iba a conformar con más, sobre todo por parte de Leticia. Había visto la casa de Edward, y no tenía ningún deseo de que su mansión siguiera el mismo camino.

—No me había dado cuenta de que mi desaparición era inminente.

—No, no, Charles, por supuesto que no —rio Edward. —Sin embargo, Thaddeus y yo hemos tenido muchas discusiones sobre la mansión. Estoy seguro de que haces todo lo posible, pero eres demasiado... generoso. Tus sirvientes parecen estar tan bien como tú, y a veces me pregunto si tus inquilinos trabajan para ti o si tú trabajas para tus inquilinos.

Los dientes de Carlos rechinaron por sí solos al pensar en sus tierras y su gente en manos de Edward o Thaddeus. El hijo de Edward era un libertino de la peor calaña -Charles había oído rumores de que el hombre no sólo se encontraba en la cama de un buen número de mujeres, sino que algunas estaban menos dispuestas que otras. Por Dios, ¿qué pasaría con sus tierras en manos de cualquiera de esos dos hombres? Charles había tardado bastante en corregir muchos de los errores de su propio padre. Le dolía pensar que todo lo que había hecho fuera borrado una vez más.

—¿Pensando en los buenos tiempos que vendrán, Charles? preguntó Edward, con un brillo en los ojos.

Charles se enderezó y miró a Edward a los ojos.

—En realidad, resulta que mc voy a casar muy pronto.

No estaba seguro de dónde habían salido esas palabras. Definitivamente *no* pensaba casarse pronto. O en absoluto. Pero no tenía ningún deseo de permitir que Edward siguiera creyendo que iba a ocupar su lugar. Era hora de poner fin a cualquier mención de esos planes.

—No te vas a casar —dijo Edward con una sonrisa de satisfacción. —Estoy seguro de que estaría en las lenguas de todos los cotillas de Londres.

—Hemos mantenido las cosas bastante calladas —dijo Charles con toda la seguridad que pudo, creando su historia mientras hablaba. —Es un segundo matrimonio para ambos, ya ves.

—Ah —dijo Edward con un brillo en los ojos, claramente sin creer a Charles. —¿Y quién es la afortunada? Me sorprende que no esté aquí contigo.

—Pero por supuesto que lo está —dijo Charles con tranquilidad. —Volverá pronto, estoy seguro.

—Oh, vamos, Charles, te lo estás inventando todo —dijo Edward riendo. —Nunca has sido muy mentiroso. Di la verdad, hombre, y acaba con esto. ¿Es realmente una idea tan horrible que yo pueda heredar tus tierras?

Realmente lo era.

—Mi futura esposa está aquí. Por supuesto que sí —dijo Charles, girando el cuello, divisando una cabeza rubia que venía directamente hacia él. Una rápida mirada le dijo que no parecía ser nadie que él conociera. —Ya está aquí.

Extendió la mano y tomó la de la dama justo cuando estaba a punto de pasar junto a él, esperando que, fuera quien fuera, siguiera su estratagema durante unos minutos. Luego ya se le ocurriría algo más, pero por el momento, tenía que preservar su honor frente a su primo.

El primo cuyo rostro estaba congelado por el shock.

Charles se dio la vuelta apresuradamente. Una vez que vio a la mujer, no pudo apartarse.

Lo primero que captó la atención de Charles fue su vestido. Era… útil, si era generoso con su descripción. Una creación azul marino, cuadrada, era difícil determinar la forma de ella por debajo. Luego estaba su cabello. De color rubio arenoso, estaba recogido hacia atrás, lejos de su cabeza, y sobre su nariz había un par de anteojos. A través de ellos, sus grandes ojos marrones le miraban incrédulos, mientras sus dedos se tocaban nerviosamente la garganta.

Le gustara o no, ésta era la mujer que había elegido para ser su futura esposa.

Al menos durante los próximos minutos.

CAPÍTULO 3

Olvídate de pasar desapercibida.
—¿Puedo ayudarle, milord? —le preguntó ella al hombre elegantemente vestido que en ese momento tenía su mano como rehén. La expresión de él reflejó su propia sorpresa.

De repente, el rostro de él se transformó en una sonrisa sorprendentemente amplia, aunque claramente forzada, con los dientes rectos y uniformes. Tenía una mandíbula cuadrada, una nariz ligeramente torcida y ojos azules que, curiosamente, eran del mismo color que los del ángel pintado en la pared detrás de él, el de las alas rosas.

—Siempre puedes ayudarme, cariño —dijo él, confundiendo aún más a Emily. ¿Tenía él la mente perturbada? No lo parecía, con su elegante chaqueta azul marino, su pañoleta inmaculada y sus pantalones bien ajustados, quizá demasiado bien ajustados. Pero, ¿por qué si no un hombre como él la llamaría cariño?

Él le apretó la mano con fuerza durante unos segundos, y cuando ella volvió a mirarlo a la cara, casi le pareció que la miraba implorante, muy parecido a la pequeña Henrietta cuando le había pedido su muñequita. Sus ojos se desviaron en dirección al hombre que estaba a su lado, e inclinó la cabeza hacia él muy ligeramente. ¿Acaso él quería que ese hombre creyera en sus palabras?

Emily sintió que el calor -que significaría mucho color- subía a sus mejillas. Si él quería que ella le siguiera la corriente a esta farsa por unos momentos, él podría estar en problemas. Nunca había sido una mentirosa competente. De hecho, ni siquiera intentaba mentir delante de su familia, porque ellos sabían al instante cuándo no estaba diciendo la verdad. Su cara se sonrojaba y le salía un sarpullido en el pecho y los brazos. Era mucho más fácil decir siempre la verdad. Y además, este hombre tenía que ser un tonto si creía que ella alguna vez hablaría con un caballero como éste, y mucho menos que sería algo más para él.

—Este es Edward... el señor Blythe —continuó el hombre, señalando con su mano libre a su compañero, que se parecía mucho a él, aunque la nariz del señor Blythe no estaba rota, como claramente lo estaba la de este hombre, y era ligeramente más pequeño de estatura. —Mi primo. Le estaba hablando de ti.

El señor Blythe la miró por un momento, con una confusión en sus ojos que probablemente reflejaba los de ella. Luego la sorprendió al empezar a reírse. Él soltó una carcajada lo suficientemente larga y fuerte como para atraer la atención de los que estaban cerca, y Emily miró a un lado y a otro mientras intentaba determinar la mejor manera de escabullirse del salón de baile tan rápido como había entrado antes de que lord o lady Coningsby la vieran.

—¡Oh, Charles, nunca has tenido mucho sentido del humor, pero este es bueno! —dijo el señor Blythe, dándose una palmada en el muslo. —Vaya, por un momento casi me convences. Que esta criatura podría ser tu prometida. Gracias, señorita, por seguirnos el juego, pero ya puede irse.

Un torrente de emociones comenzó a recorrer a Emily. Al principio, se sintió sorprendida por el hecho de que ese hombre -Charles, al parecer se llamaba- la hubiera nombrado su prometida. Pero luego la rabia empezó a enroscarse en lo más profundo de su vientre por el hecho de que claramente ellos se estaban divirtiendo a su costa.

—Puedo asegurarle, señor Blythe, que no tengo ningún deseo de ser parte de la broma de nadie —dijo ella con un tono cuidadosamente controlado, dirigiendo sus palabras tanto a este Charles como a su primo.

Charles dirigió una mirada gélida al señor Blythe.

—Discúlpate por haber insultado a mi prometida, Edward.

—Vamos, Charles...

—Discúlpate.

Edward miró de uno a otro, como si intentara determinar si Charles hablaba en serio o no. Charles mantuvo su mirada endurecida en Edward.

—Yo, ah, lo siento. Señorita... —dijo Edward, aunque todavía obviamente incrédulo.

—Señora Nicholls.

—¿Señora? —Él levantó sus cejas.

—Soy viuda.

—Por supuesto. Señora Nicholls, mis más sinceras disculpas —dijo él, aunque la mirada escéptica permanecía en su rostro mientras sus ojos se movían de arriba abajo por la figura de Emily. —¿Entonces la veré en Navidad?

—¿Navidad?

—Por supuesto. ¿Charles no le ha contado sobre nuestra tradición navideña? Nos reunimos todos en la casa de la familia, Ravenport Hall, y pasamos juntos doce días llenos de alegría.

Ahora era él quien sonreía mientras la miraba una vez más. —Será toda una revelación.

—Si, estoy segura —dijo ella, forzando una sonrisa en sus labios antes de volverse hacia su aparente futuro marido.

Pero antes Edward tenía una cosa más que decir.

—Supongo que sí lo entiendo, después de todo.

—¿Disculpe? —preguntó ella, intuyendo que probablemente no quería saber lo que él tenía que decir, pero igualmente era incapaz de preguntar.

—Charles ha estado dudando acerca de buscar otra esposa, ya que cree que todas las mujeres elegibles son demasiado jóvenes para él... niñas, las llama. Bueno, ¡ciertamente ese no es el caso con usted!

Emily estaba harta de esta conversación. No estaba segura de si ambos se estaban burlando de ella, pero no le importaba quiénes eran ni de qué clase. No iba a quedarse aquí y permitir que la humillaran.

A ella le gustaría decirles exactamente lo que pensaba, pero eso sería ir demasiado lejos. Tuvo el suficiente sentido común como para contener su lengua para mantener su empleo.

Con las mejillas encendidas, miró a su alrededor en busca del tesoro que buscaba. Vio la muñeca debajo de una silla junto a ellos. Se apartó de los hombres sin decir nada más, la recogió y salió del salón de baile tan rápido como pudo, dejando atrás a los tontos.

* * *

—Parece que tu prometida está bastante disgustada contigo, Charles —comentó Edward, mirando a Charles con una sonrisa de satisfacción. —Ahora, ¿por qué podría ser eso?

—Supongo que será porque la has insultado —respondió Charles, avergonzado por haber puesto a la mujer, sea quien sea, en semejante situación. Por una vez, había dejado que su primo lo dominara y provocara un lapsus momentáneo. Si

Charles no la hubiera detenido, nunca habría tenido que escuchar a Edward y todas sus duras palabras contra ella.

—Ahora, si me disculpas, será mejor que vaya a hablar con ella.

Él se disculparía, le explicaría lo mejor que pudiera, y luego permitiría que la mujer siguiera su camino. En cuanto a la Navidad... bueno, tal vez tendría que cancelar la reunión familiar de este año. Porque no deseaba darle la razón a Edward, pero tampoco podría encontrar una esposa adecuada en cuatro semanas.

—Charles, Charles. ¿No me digas que realmente pensabas que me iba a creer que esa mujer va a ser tu esposa? —dijo Edward burlonamente. —Porque si ese es el caso, realmente te has desesperado. ¿Ella?

—Sí —contestó Charles con gravedad, sin revelar ahora su mentira. Además, fuera o no realmente su prometida, ¿quién era Edward para burlarse de la dama? —Ella.

—Bueno, estoy deseando presentársela al resto de la familia esta Navidad —dijo Edward, cuya sonrisa se extendía ahora de oreja a oreja mientras se llevaba las manos a la espalda y se pavoneaba. —Aunque tal vez quieras pagarle un vestido o dos, si no puede pagarse el suyo propio. La pobre mujer parece llevar ese vestido desde hace décadas. Por supuesto, si no asiste, me encantará compartir esta farsa con el resto de la familia, lo sabes, ¿no? Oh, ¿y Charles? Sería encantador que tu hija se dignara a entrar en la misma sala que el resto de nosotros este año. Es una pena que debamos sufrir la pérdida de su presencia sólo porque ella te odia tanto. Muy bien, entonces. Nos vemos.

Y con eso, le guiñó un ojo a Charles y luego se alejó para encontrarse con otro conocido. Charles suspiró. Esto no serviría. Esto no serviría en absoluto.

No se le ocurrió otra cosa que convencer a la mujer de que siguiera con la farsa durante las Navidades. Sabía que era una tontería. Pero había una cosa a la que él se aferraría, y eso era su orgullo.

Charles miró alrededor de la habitación, buscando a la mujer, pero no la encontró por ningún lado. ¿Dónde diablos se había metido? No debería ser difícil encontrar su vestido azul marino entre los colores que llevaban el resto de las mujeres. Era como si se hubiera desvanecido en la nada. Maldijo, a punto de buscar a su anfitrión para preguntarle si sabía quién era, pero justo entonces vislumbró al azul marino retirándose desde el otro extremo del salón de baile. Atravesó el salón tan rápido como pudo sin echarse a correr, pasando por delante de los invitados con los que normalmente se habría detenido a hablar.

Él acababa de cruzar las puertas cuando oyó pasos en las escaleras por encima de él, y levantó la vista para verla saliendo del rellano hacia el primer piso de la casa. ¿Adónde iba? Charles iba a llamarla, pero lo pensó mejor y comenzó a subir las escaleras tras ella, curioso por ver qué hacía en la casa de su amigo.

Esto podría explicar su vestimenta. Tal vez no era una invitada, sino que estaba aquí para robar a lord Coningsby. Oh, Edward ciertamente disfrutaría de eso, si resultaba ser la verdad.

Ella caminó con confianza por el pasillo, como si supiera exactamente a dónde iba, y entró en una habitación del fondo, cerrando la puerta tras ella. Cuando Charles llegó a la puerta, apretó el oído contra ella y escuchó voces en el interior, aunque no tenía idea de con quién estaría hablando ella. ¿Tenía una cita con un caballero? Eso sería lo más embarazoso, entrar ahí con los dos, sobre todo después de que él acababa de anunciarla como su prometida.

Él giró el pomo de la puerta muy despacio para no hacer ruido, y luego empujó suavemente la puerta para poder oír mejor y posiblemente ver qué -o quién- estaba dentro.

—Señora Nicholls, ¡la ha encontrado!

Charles se quedó boquiabierto.

—Por supuesto que sí. A partir de ahora, mantendremos la muñeca dentro de esta habitación o en tus brazos, ¿de acuerdo?

—Sí, señora Nicholls. Gracias por encontrarla.

—A la cama ahora, cielo —dijo la señora Nicholls, tomando la mano de la niña y conduciéndola hacia una puerta de conexión. —Y tú también, Michael.

—Sólo me queda un capítulo más, señora Nicholls —respondió el chico desde su asiento en la ventana.

—Entonces, llévatelo a la cama, junto con una de las velas y termínalo allí. Se está haciendo tarde.

El chico asintió, levantándose de los cojines antes de atravesar la puerta del otro lado que conducía a una segunda habitación.

Charles empujó la puerta para abrirla un poco más y poder ver a través de la habitación de los niños y en la habitación de más allá, donde la señora Nicholls -que debía de ser la institutriz, se dio cuenta con un sobresalto- estaba sentada en el borde de una cama.

Ella se inclinó y besó a la niña en la frente antes de arroparla con las mantas y la muñeca que, según supuso Charles, era la causa de la aparición de la mujer en el salón de baile.

—Ahora, cierra los ojos y ten dulces sueños esta noche, cielo.

—Lo haré. Buenas noches, señora Nicholls.

—Buenas noches, Henrietta.

Charles retrocedió un paso hacia el pasillo mientras la señora Nicholls se levantaba y volvía a la guardería.

—¡Buenas noches, Michael! —la oyó decir y Charles retrocedió hasta apoyarse en la pared opuesta a la puerta.

Ella estaba en el pasillo y ya había cerrado la puerta tras de sí cuando lo vio.

—¡Oh! —exclamó ella llevándose una de las manos al pecho. —Cielos, no lo había visto ahí—. Después de recuperar la compostura, sus ojos se entrecerraron mientras lo estudiaba. —¿Y qué hace usted aquí arriba, milord? ¿Quiere seguir burlándose de mí?

—Quería hablar con usted —explicó él simplemente. —Y por eso la he seguido.

—Dudo que haya algo más que usted y yo tengamos que decirnos —dijo ella de forma incierta aunque no maliciosa, y él lo tomó como una señal esperanzadora.

—En realidad, lo hay —dijo él, siguiéndola cuando ella empezó a caminar por el pasillo. —Tengo que disculparme.

—No me diga.

—Me disculpo por haberla puesto en una posición incómoda —comenzó, con una mano en la espalda mientras la otra señalaba hacia ella. —Yo necesitaba aparentar estar comprometido por un momento, y elegí a la primera mujer en la que puse los ojos y a la que no conocía.

Ella sonrió de forma sombría.

—Qué mala suerte para usted que haya elegido a la institutriz.

—¿Cómo iba a saber yo que la institutriz estaría en el salón de baile?

Finalmente ella se detuvo y se volvió hacia él, con las manos en las caderas.

—Tiene usted razón. Yo no debería haber estado allí. Estaba recuperando una muñeca de madera perdida y me encontré con usted en el momento equivocado, al parecer. Pero allí estaba, atrapada por usted y su... primo, ¿no? Ahora, dígame, milord —continuó —¿quién es usted y qué quiere de mí?

Eran preguntas justas. Una fue fácilmente contestada.

—Soy Charles Blythe. El Conde de Doverton.

—Oh —dijo ella, sus labios rosados se redondearon con el sonido de la sílaba. —Ya veo.

—Le agradezco que no haya discutido mi artimaña. Edward puede ser bastante... burlón, y simplemente quería mostrarle que él se equivocaba en algo. Lamento que él la haya insultado. Le aseguro que nunca fue mi intención.

—No soy *tan* vieja —murmuró ella.

—No hay que avergonzarse de envejecer —dijo él, pero al ver la mirada oscura de ella, se apresuró a continuar: —No es que usted lo parezca.

Ella lo estudió por un momento más antes de sorprenderlo con una risa apenada.

—Uno no puede evitar los efectos del paso del tiempo, me temo. Sin embargo, su primo tiene razón en que no soy una joven doncella. De hecho, este año cumpliré treinta y tres años. Usted ya se ha disculpado, milord, lo cual es muy noble de su parte, y todo está perdonado. Estoy bastante cansada, así que me iré a mi cama. Disfrute de su fiesta.

Ella puso la mano en el pomo de la puerta detrás de ella, y él se dio cuenta de que ahora debían estar frente a la habitación de ella.

—En realidad, hay una cosa más —dijo él levantando un dedo. —Debo pedirle un favor. Y no uno pequeño.

—¿Qué es? —preguntó ella con las cejas alzadas.

—¿Celebraría Navidad conmigo?

CAPÍTULO 4

—Usted no puede estar hablando en serio .

Emily sabía que no debía hablarle de esa manera a un conde, pero una vez más, le preocupaba que él pudiera estar un poco confundido.

—Ahora ya sabe que soy una institutriz —continuó —¿y me pide que lo acompañe en Navidad?

—Sí —asintió él. —Ahora usted sabe lo que mi primo espera de nosotros. Me sentiría como un tonto si invitara a mi familia y no la tuviera allí, ahora que la he reclamado como mi futura esposa. Pondré alguna excusa después de Navidad y encontraré a otra para casarme.

—Sabe usted que elegir una novia no es como comprar una casa o una chaqueta nueva —dijo secamente. —Una tiene que estar de acuerdo.

—Por supuesto —dijo él, con el rostro enrojecido. —Aunque cuando uno es un conde...

—¿La gente suele estar de acuerdo a pesar de todo? —preguntó ella, levantando ahora sólo una ceja. —Todo esto parece bastante extremo.

Él levantó un hombro. —Tal vez.

—Bueno, lo siento, milord, pero ya tengo planes para esta Navidad.

—Puedo hablar con Coningsby si es necesario, aunque preferiría que esto quedara entre nosotros.

—De hecho, me voy a tomar un tiempo en Navidad —dijo ella, su corazón ya se calentaba al pensar en ello. —Es la única época del año en la que estoy lejos de los niños y, afortunadamente, Lord y Lady Coningsby se adaptan a mí maravillosamente. Vuelvo a casa para ver a mi propia familia, y nada es más importante para mí que estar con ellos durante la Navidad.

—¿Tiene usted hijos propios?

—No —respondió ella, con un nuevo dolor en el corazón al pensarlo. —No tengo hijos. Mi esposo, James, falleció hace unos años. Sin embargo, estoy muy unida a mis padres y a mi hermana.

Él se frotó los nudillos contra la barbilla. —¿No hay nada que pueda hacer para convencerla?

—No, milord.

—¿Cuál es su precio?

—¿Disculpe?

—¿Cuánto dinero haría falta para convencerla de que se una a mí?

El calor subió a las mejillas de Emily ante la sugerencia.

—¿Cree que puede pagar lo que sea que necesite, sin tener en cuenta a los demás o lo que pueda significar para ellos? Puedo asegurarle, milord, que no puede comprar tiempo con mi familia.

—¿Y comprar tiempo *para* su familia? —preguntó él, con sus ojos azules bastante penetrantes clavados en ella.

—¿Qué quiere decir?

—Puede que no quiera el dinero, señora Nicholls, pero le pagaría generosamente. Lo suficiente como para que pueda mantener a su familia, permitiéndoles vivir con medios adicionales. ¿Qué diría usted a eso? ¿Le parece bien cien libras?

Ahora fue la mandíbula de Emily la que se abrió.

—No puede hablar en serio. Eso es más de lo que yo ganaría en dos años.

—Hablo muy en serio. Venga a Ravenport Hall dos días antes de Nochebuena, señora Nicholls. Nos dará tiempo para conocernos mejor antes de que llegue mi familia. La estaré esperando y le pagaré cuando se vaya.

Emily abrió la boca para negarse una vez más, pero no salió ningún sonido. Por mucho que su corazón deseara decirle que no, que iba a ver a su familia esta Navidad y que nada la disuadiría, su mente le decía que eso sería una tontería. Su padre estaba enfermo, su hermana estaba sin trabajo después de que dejara su propio puesto de institutriz cuando el señor de la casa se interesó más por cómo podía servirle a él que por cuidar de sus hijos. Con este dinero, Emily ya no tendría que preocuparse por su familia y no tendría que trabajar tanto para cuidarlos a todos.

Era un sacrificio que tal vez tendría que hacer.

—Lo pensaré —dijo ella en voz baja, y luego se dio la vuelta, abrió la puerta de su habitación y la cerró ante el conde.

* * *

Tres semanas después

EMILY TRAGÓ saliva cuando se paró frente a la imponente propiedad, mirando hacia arriba el pórtico corintio de seis columnas. La piedra rústica la invitaba a extender la mano y tocar cada pieza única, a diferencia de la piedra lisa que se extendía por encima en lo que ella suponía eran los pasillos superiores. La parte central de la casa habría sido suficiente para intimidar a cualquier visitante, pero al este y al oeste se extendían imponentes alas que se reflejaban una a otra en el diseño.

Respiró hondo cuando el viento frío le golpeó la cara, y su capa se hinchó detrás de ella. Había caminado cinco largos kilómetros después de bajarse de la diligencia que la llevó hasta Duxford. Sabía que podía haber escrito con antelación para que alguien de la casa la recibiera y la trajera hasta aquí, pero hasta el último momento no sabía si iba a hacerlo; tampoco sabía qué decir exactamente en su carta.

Incluso ahora se estremecía al pensar en lo que le esperaba durante la siguiente semana o el tiempo que se esperaba que permaneciera; esa parte aún estaba por determinarse, pero esperaba poder pasar unos días con su familia antes de volver a su trabajo.

Se había detenido brevemente en su pueblo de camino, había abrazado y llorado con sus padres y su hermana por su separación y su demasiado breve reencuentro antes de seguir adelante. Fueron comprensivos, aunque no les contó toda la historia. Sólo que este año tenía compromisos y que no podría pasar toda la Navidad con ellos. Tuvo que enjugarse las lágrimas durante la mayor parte del corto trayecto hasta aquí, mientras muchos en la diligencia la observaban con expresiones extrañas, aunque dos amables mujeres le habían ofrecido sonrisas comprensivas y un pañuelo.

Sería mejor que subiera la escalera antes de pensarlo mejor. Si no hubieran sido otros cinco kilómetros de camino en dirección contraria, muy probablemente se daría la vuelta, despidiéndose de la pequeña fortuna que le esperaba. Pero tal y como estaban las cosas, simplemente tenía demasiado frío.

Vamos, Emily, estás hecha de algo más fuerte que esto, se dijo a sí misma mientras subía un lado de la escalera curva antes de levantar la gran aldaba en forma de U y dejarla caer sobre la puerta.

Pronto respondió a su llamada un hombre de baja estatura, con el cabello gris y rizado sobresaliendo en ángulos extraños de su redonda cabeza.

—Hola —dijo él con una sonrisa, como si una institutriz con anteojos y atuendo de temporadas pasadas llamara a la puerta principal de la propiedad todos los días.

—¿Me estaban esperando? —no pudo evitar preguntar, y él puso una mirada de desconcierto, como si no quisiera insultarla.

—Esperamos a muchos invitados en las próximas semanas, por supuesto —contestó él, poniéndose de puntillas para poder ver mejor por encima de su hombro, más allá de ella. —¿Para quién trabaja usted? No esperábamos que llegara nadie tan pronto, eso es todo.

Un torrente de vergüenza acalorada recorrió a Emily.

—Yo ah, es decir, no soy una de las sirvientas.

—¿Ah no? —El hombre se mordió el labio, pareciendo bastante perturbado. —¿A quién ha venido a ver?

—Lord Doverton —dijo ella, encogiéndose ante la sorpresa del mayordomo. —Quizás me he equivocado. Está claro que su invitación fue fugaz. Me iré. Gracias, señor.

Se dio la vuelta para irse, cuando de repente su "oooh" bastante sonoro llamó la atención de ella y volvió a centrarse en la casa.

—Usted es la señora *Nicholls*.

—Lo soy.

—Ah, Lord Doverton nos dijo que usted venía. Simplemente no explicó...

¿Qué ella no parecía una dama, tal vez? Emily no dijo nada, dejando que el mayordomo llegara a sus propias conclusiones.

—¡Qué olvidadizo soy! Sí, por supuesto, la llevaré con Lord Doverton. Venga, venga.

Emily llevaba su mejor vestido y, sin embargo, hasta el mayordomo la tomó por una sirvienta. Encantador.

En el momento en que él se giró, Emily pudo ver la totalidad de la habitación frente a ella. La dejó sin aliento. Las columnas de alabastro sostenían las altas cornisas por encima de ellas, los nichos en la pared mostraban las más finas estatuas, con pinturas grises por encima de ellas. La falta de color se compensaba con creces con los suelos de mármol de intrincados dibujos, que se veían resaltados por el sol que entraba por las claraboyas.

A Emily le resultaba difícil seguir el ritmo de las cortas pero rápidas zancadas del hombre mientras la guiaba por la sala que no parecía servir para nada más que para recibir a los visitantes de la propiedad. Pudo respirar cuando por fin entraron en lo que supuso que era un salón, y era igual de hermoso.

Estaba rodeada por un mar de paredes empapeladas en azul y blanco, con un candelabro ornamentado que descendía desde el centro de la habitación, alrededor del cual había sofás azules y dorados. En el centro, sillas tapizadas de color rosa rodeaban una mesa, todo lo cual parecía tan delicado que ella dudaba en sentarse en alguna de ellas.

—¿Gusta algo de beber?

Emily dio un respingo, pero se alegró de no haber emitido ningún sonido ante la voz que provenía al lado de la chimenea de mármol blanco. Finalmente localizó a su dueño.

—Lord Doverton —dijo ella con una mano en el pecho. —Me ha sorprendido una vez más.

—Parece que tengo un don para hacerlo —dijo él, apartándose de la pared y caminando hacia ella. —Entonces, ¿lo hará?

—¿Hacer qué? —preguntó ella, sintiéndose como una tonta por el hecho de que apenas podía formar una frase coherente delante de aquel hombre. Ella era muchas cosas, pero una cosa que no era, era estúpida.

—¿Le apetece una copa? —preguntó él de nuevo, con sus ojos azules cristalinos, del color de las paredes de este salón, manteniéndola cautiva.

—Ah, sí, me gustaría —respondió ella. Si había un momento en el que se necesitaba una copa, era ahora. —Brandy, por favor.

Él levantó sus gruesas cejas, pero inclinó la cabeza. —Brandy entonces.

Fue entonces cuando Emily se dio cuenta de que el mayordomo permanecía junto a la entrada, y éste le sirvió rápidamente la bebida antes de desaparecer por las puertas del salón, cerrándolas tras él.

—Siéntese, por favor —dijo Lord Doverton, agitando una mano por la habitación. —Donde guste.

—Tal vez junto al fuego —dijo ella, y él asintió, acercando dos de las sillas a las llamas, probablemente el único calor de la habitación, lo que incluía al propio hombre en opinión de Emily. Sin duda, era un lord inglés como Dios manda, pero ella deseaba que mostrara tan sólo un atisbo de emoción, ya que la haría sentir algo más cómoda. Le recordaba a este salón, que era hermoso, pero no era una habitación en la que ella pudiera imaginarse viviendo.

—Tiene usted un buen vestíbulo —comentó ella, y él emitió una rápida carcajada, aunque sin mucho humor. Ella se preguntó si él alguna vez se reía de verdad. Sin duda era un hombre orgulloso, hasta los extremos a los que llegaba para ver toda esta farsa.

—Sí. Mis antepasados eran bastante ostentosos. Es hermoso, sin duda, pero totalmente inútil —dijo él, sorprendiéndola. —Sin embargo, ahora no se puede hacer nada más que disfrutarlo. Prefiero las habitaciones familiares, que están en el ala este. Se las mostraré más tarde.

Un temblor de nerviosismo revoloteó en el estómago de ella ante la mención del ala familiar, donde aparentemente se alojaría ella.

—Su mayordomo pensó que yo era una criada —soltó finalmente, y el conde se encogió de hombros con indiferencia.

—Por supuesto que sí. Observe lo que lleva puesto.

—Es mi vestido favorito —expresó ella, poniéndose de pie y extendiendo los brazos hacia los lados como si quisiera mostrar la prenda. Luego miró el vestido gris de cuello alto que ella misma había confeccionado, y rápidamente volvió a bajar los brazos. Tal vez él tenía un punto.

—Claramente —murmuró él, y ella entrecerró los ojos hacia él. —No hay que preocuparse, se rectificará —continuó sin más explicaciones. —Ahora, en cuanto a lo que hay que decir a la familia.

—Esto, tengo curiosidad por oírlo —dijo ella.

—Es probable que mi familia no crea que voy a casarme con una institutriz —comenzó él, y ella se puso rígida. —Me disculpo si eso la ofende, pero es la verdad. Sin embargo, no puede ser usted de sangre noble, porque entonces mis primos probablemente estarían buscando sus conexiones familiares en Debrett.

—Mi abuelo era un baronet.

—Ya veo.

Mientras reflexionaba, él se tocó la barbilla con el dedo índice.

—Diremos que nos conocimos en un baile, ya que usted es una conocida de un amigo mío. Es la verdad, de todos modos. ¿De dónde es usted?

—De Newport.

—Ah, no muy lejos de aquí.

—No. Pude parar de camino para explicar a mis padres por qué no me reuniría con ellos en Navidad.

—Muy bien —dijo él. —Todo eso tiene sentido para mí, así que debería ser suficiente para los demás. Ahora, venga, yo mismo le mostraré su habitación.

Emily asintió mientras se ponía de pie, casi atragantándose al beber rápidamente el resto de su brandy, y luego siguió al hombre sin emoción fuera de la habitación.

CAPÍTULO 5

Charles condujo a la mujer por el pasillo curvo que llevaba a las habitaciones familiares. Cuando su ama de llaves le había preguntado dónde debía alojarla, no había estado del todo seguro de qué responder, ya que se trataba de una situación poco ortodoxa. La señora Nicholls no podía alojarse en las habitaciones de la señora de la casa, por supuesto, y tampoco era una joven con su chaperona. Se había decidido por el dormitorio de invitados más cercano a las habitaciones de la familia. Estaría cerca de Margaret, lo que de alguna manera lo hacía parecer más apropiado.

Margaret. Por Dios, no había pensado en cómo iba a explicarle a la niña acerca de la señora Nicholls. No podía decirle que iba a casarse y cambiar de opinión unas semanas después. Sin embargo, ella era perspicaz, así que sabría que había algo inusual en la situación. Una amiga, decidió. Eso tendría que ser suficiente.

La dama que lo seguía estaba bastante callada, al menos por el momento, lo que Charles agradeció. No era una de esas tontas parlanchinas que hablan de nada durante horas y horas.

—Aquí estamos —comentó él cuando por fin llegó a la puerta que había mandado acondicionar como su habitación. —Espero que lo encuentre todo aceptable.

Le abrió la puerta y ella entró, y el aroma del romero lo envolvió cuando pasó. Él escuchó un jadeo audible, y frunció el ceño, sin saber qué pensar.

—¿Sucede algo?

—¿Algo? —repitió ella, volviéndose hacia él, con los ojos marrones muy abiertos. —Esto es... bueno, es el dormitorio más espectacular que he visto nunca.

Él miró más allá de ella en la habitación, tratando de ver a través de sus ojos. Supuso que estaba bastante bien, y que era una habitación relativamente cómoda. En realidad, no recordaba la última vez que había pisado uno de los dormitorios de invitados de su propiedad, ya que no tenía ninguna razón para hacerlo. Ésta estaba cubierta de papel amarillo con lazos y hojas rojas por todas las paredes, el dosel amarillo y la colcha de la cama con ribetes carmesí. Había una pequeña chimenea, actualmente encendida, y un tocador metido en un rincón. Sobre la chimenea colgaba un cuadro de una de sus antepasadas, que llevaba un vestido que hacía juego con la habitación y era claramente la inspiración de esta. No creía que esta habitación fuera obra de Miriam, pues ella había preferido los colores apagados, al igual que el vestido de la señora Nicholls. Esperaba que a ella no fuera igual. No es que importara, ya que no iba a estar aquí el tiempo suficiente como para sugerir una redecoración.

—Me alegro de que lo disfrute —dijo él, urgido de marcharse ya que no estaba seguro de qué más podían discutir en la entrada del dormitorio de ella. —Le esperan vestidos nuevos en el armario.

—¿Vestidos nuevos?

—Sí, bueno, me sentía optimista de que realmente usted fuera a unirse a nosotros. Perdóneme una vez más, pero no creí que usted poseyera la clase de vestidos que uno podría esperar que una dama usara como atuendo para la cena.

—Sus reuniones familiares parecen ser muy diferentes a las mías —dijo ella con una sonrisa irónica, y él asintió, aunque secretamente se preguntó si tal vez las de ella eran más agradables que las suyas. Parecía que lo único que su familia conseguía era determinar quién era el que más debía envidiar al resto mientras todos trataban de impresionarse mutuamente con sus conocidos e invitaciones actuales. —Dígame, ¿qué tradiciones incluye en sus celebraciones?

—Asistimos a la misa de Navidad, por supuesto, y cenamos juntos —respondió él, preguntándose por qué ella lo preguntaba. —La familia se queda un par de semanas. Hacemos una celebración bastante grande en la Noche de Reyes.

—¿Y la elección del tronco de Navidad? —imploró ella. —¿O decorar la casa con follaje? ¿O el muérdago?

—Todo eso lo hacen los criados —respondió él, cada vez más preocupado por el hecho de que ella estuviera aquí para hacerse pasar por su prometida. Él había pensado que, como institutriz, estaría al menos familiarizada con las costumbres de las familias nobles, pero parecía que ella no lo entendía del todo. —Lo disfrutamos todo, por supuesto, con la excepción del muérdago. Es una reunión familiar, y en mi familia, los besos no serían precisamente bienvenidos.

—¿Ni siquiera entre parejas casadas?

Él negó con la cabeza al pensar en su propio matrimonio. —Decididamente no.

—Oh —dijo ella, hundiéndose en el mullido colchón como si la idea de todo aquello la hubiera agotado. —Eso es bastante triste.

—Sigue siendo una época del año agradable —dijo él, mirando a la mujer que, empezaba a darse cuenta, era bastante inadecuada para la tarea que se le había encomendado. —Bastante festivo, y todo eso.

Ella asintió con la cabeza, pero él se dio cuenta de que estaba escéptica.

—Supongo que pronto lo verá —dijo él con un movimiento de cabeza desde donde seguía de pie cerca de la puerta. —Ahora, comprometidos o no, supongo que no debería estar a solas con usted en su habitación. Espero que disfrute de los vestidos.

Él miró alrededor de la habitación para ver dónde había colocado el mayordomo sus pertenencias. —¿Dónde están sus maletas?

Ella hizo un gesto hacia el armario, junto al cual se encontraba un maletín negro, útil aunque bastante desgastado. —Sólo tengo una.

—Cielo santo —dijo él, agradecido por haberse adelantado a encargar los vestidos. No estaba seguro de qué hacer. Sabía que habría sido un gasto atroz si ella no hubiera llegado, pero no podía correr el riesgo de que no lo haría. Tuvo que adivinar su talla, y la modista se había disgustado bastante con él, porque era demasiado general en cuanto a las medidas. No había habido tiempo para hacer vestidos a medida, pero ella pudo hacer algunos arreglos y enviárselos justo a tiempo.

—La veré por la mañana —dijo él saliendo con una mano en el pomo de la puerta. —El ama de llaves ha asignado a una doncella para que la atienda. Vendrá enseguida con una bandeja para usted también, pues ya hemos cenado. Buenas noches, señora Nicholls.

—Buenas noches, milord —la oyó responder mientras empezaba a cerrar la puerta tras de sí antes de recordar una cosa más.

—Oh, ¿y señora Nicholls?

—¿Sí?

—Milord no funcionará. Llámeme Charles.

—Muy bien... Charles —la oyó murmurar, y entonces empezó a recorrer el pasillo, tomando un gran respiro.

Esta sería la peor idea que él jamás había tenido o la mejor. Todavía no sabía cuál era.

* * *

A LA MAÑANA SIGUIENTE, el sol le dio de lleno en la cara a Emily, que saltó de la cama y se dio cuenta de que debía de haber dormido hasta muy tarde. Sin embargo, en cuanto sus pies tocaron la alfombra turca que había en el suelo, recordó de repente que ya no estaba en la pequeña y desnuda, aunque limpia y útil, habitación contigua a la guardería.

Estaba en Ravenport Hall, la propiedad del conde de Doverton, que, para todos los efectos, era su prometido durante los próximos quince días. Sacudió la cabeza, todavía incrédula por todo lo que había ocurrido.

Anoche estaba tan cansada, tanto por la caminata como por los nervios, que se había desplomado en la cama casi inmediatamente después de que su criada la dejara. Se llamaba Jenny, y era una joven bastante platicadora, cosa que a Emily no le importaba. Cuanto más hablaba Jenny, más averiguaba Emily sobre la casa y el conde de Doverton.

Llamaron a la puerta y la chica entró en la habitación unos instantes después.

—Señora Nicholls, buenos días —dijo agradablemente. —No estaba segura de cuándo se iba a despertar, pero veo que he llegado justo a tiempo.

Emily sonrió de bienvenida mientras se ponía la bata que había traído.

—Si tienes otros deberes que atender, Jenny, estoy bien. Sinceramente, no necesito que alguien me ayude a vestirme.

—¿No? —preguntó Jenny, levantando las cejas. —Bueno, ¿cómo supone que va a abrocharse todos esos botones?

—¿Botones?

—Pues sí. Todos sus vestidos matutinos tienen bastantes botones en la espalda. Le llevaría algún tiempo abrocharse. Cuando los estaba guardando antes de que usted llegara, los estaba admirando. Es usted una mujer afortunada, por tener un hombre que le compre semejante guardarropa.

Emily había estado tan cansada que ni siquiera había mirado los vestidos a los que el conde se había referido. Ahora avanzó hacia el armario con cierta inquietud.

Cuando lo abrió, soltó un grito de sorpresa. Parecía que siempre se sorprendería a lo largo de esta aventura navideña.

Porque allí dentro había una selección de vestidos que sabía que hasta Lady Coningsby envidiaría. Todos parecían haber sido creados con las más finas muselinas, satenes y sedas. Se alegró al ver que no eran los colores pasteles y brillantes que llevaría una joven debutante, sino tonos como los carmesíes profundos y los azules reales que le sentaban mucho mejor.

—Son preciosos —dijo, y Jenny asintió mientras se unía a ella junto a la puerta abierta.

—Realmente lo son —dijo con una sonrisa —y usted se verá muy hermosa con ellos.

—Oh —rio Emily —no estoy segura de eso.

—¿Por qué no? —preguntó Jenny. —Usted tiene una buena figura, y qué no daría por un cabello del color del suyo.

—¿El mío? En realidad no es nada del otro mundo. No se decide de qué color es.

—Yo diría que es del color de los tallos de trigo —dijo, y Emily se sonrojó.

—Eres muy amable.

—Bueno, ¿qué le parece si se prueba uno? —preguntó, y

Emily asintió. —Supongo que deberíamos —dijo ella, respirando profundamente, ya que todo esto se estaba volviendo muy real.

Y así fue como una hora después se aventuró a bajar al comedor para desayunar. Nunca en su vida había tardado una hora en prepararse, pero nunca antes le habían servido chocolate caliente en su habitación mientras se preparaba para el día, y nunca antes nadie le había rizado bucles en el cabello, ni se había tomado minutos para simplemente arreglar la parte trasera de un vestido, y un vestido de mañana. Sin embargo, podía admitir que nunca se había sentido tan bella. Había elegido un vestido color crema, ya que los vestidos de mañana eran mucho más ligeros, y lo cubrió con un chal por si hacía frío en el aire, ya que, según su experiencia, en estas casas había bastante corriente de aire.

Siguiendo las indicaciones de Jenny, había encontrado el comedor siguiendo el pasillo curvo una vez más, pasando por lo que parecía ser un estudio, y luego cruzando el gran vestíbulo de mármol.

—Aquí estamos —murmuró al entrar, encontrando un aparador lleno de un surtido de alimentos para el desayuno, incluyendo huevos, tostadas, salchichas y pan y mermelada de todo tipo. Al parecer, el conde aún no se había despertado, o tal vez ya lo había hecho, pues el comedor estaba vacío, salvo dos lacayos que permanecían a un lado tan quietos como estatuas.

—Buenos días —dijo ella con una sonrisa, y ellos la miraron sorprendidos.

—Buenos días, milady —dijo finalmente uno, y una vez que habló ella se dio cuenta de que era bastante guapo, aunque joven.

—Sólo señora Nicholls, porque no soy una dama —dijo ella mientras empezaba a llenar su plato. —Vaya, esto es encantador.

Normalmente comía con los niños, pero también había más personas que residían en la propiedad de Lord y Lady Coningsby. ¿Había otros invitados que ya se encontraban en Ravenport, o todo esto era para ella y el conde?

Emily vio que la atención de los lacayos se desviaba hacia la puerta antes de oír a alguien detrás de ella, y se volvió, siguiendo la dirección de sus ojos.

—Oh —dijo sorprendida. —Buenos días.

La niña se limitó a mirarla fijamente. Tenía el cabello oscuro y unos ojos azul-verdosos que le resultaban bastante familiares, aunque Emily no estaba del todo segura de por qué sería así. La niña, que Emily situó como menor de diez años, entró en la habitación, tomando un plato mientras empezaba a servirse.

—¿Has venido de visita por Navidad? —preguntó Emily, mirando más allá de la niña en busca de un padre o una institutriz, pero parecía estar sola... y seguía sin responder a sus preguntas. —Ah, un panecillo de bayas. Esos también son mis favoritos. Dime, ¿qué queso prefieres? Hay tantos que no puedo elegir, y mi plato no es lo suficientemente grande para todos.

La niña extendió tímidamente un dedo y señaló el suizo, que Emily seleccionó y colocó en su plato.

—Excelente elección —dijo ella—, tiene muy buen aspecto.

La niña la miró con una leve sonrisa en el rostro, que Emily respondió con una propia.

—Ahora —dijo Emily, volviéndose para mirar la larga mesa de comedor de castaño, dispuesta para doce lugares. —¿Dónde debo sentarme?

La niña sostenía su plato en una mano y sorprendió a Emily tomando su otra mano entre las suyas, conduciéndola a un lugar situado a una distancia menor de la cabecera de la mesa. Señaló a Emily la silla y tomó la que estaba a su lado antes de empezar a comer.

—Es un placer conocerte —continuó Emily mientras tomaba el tenedor y el cuchillo. —Soy la señora Nicholls. ¿Y tú?

La niña la miró con el rabillo del ojo, antes de decir finalmente con una voz apenas superior a un susurro: —Margaret.

—¡Margaret! Qué nombre tan bonito —exclamó Emily. —¿Alguien te llama alguna vez Peggy?

Ella negó con la cabeza, con el rostro impasible. —No.

—Entonces, Margaret.

La pequeña asintió.

—¿Qué piensas de Ravenport Hall? —preguntó Emily, llevándose a la boca un bocado de huevo, con la esperanza de poder aliviar de algún modo la estoica resolución de la niña. —Está bastante bien, ¿verdad?

—Supongo —respondió Margaret, levantando el tenedor tímidamente.

—¿Tienes una habitación favorita? —Emily continuó, manteniendo su voz ligera. No quería molestar a la niña, pero esperaba que empezara a abrirse a ella. Se preguntaba si ella era siempre tan callada o si simplemente se sentía tan intimidada como Emily por esta casa y su opulencia.

—La sala de música —respondió Margaret, con verdadera alegría en su rostro, y Emily sonrió. Esto era algo en lo que podían encontrar un terreno común. Ella no diría que tenía demasiado talento, pero disfrutaba tocando el piano y cantando cuando tenía la oportunidad.

—Todavía no he visto esa habitación —dijo Emily con calidez. —Tal vez puedas enseñármela más tarde. ¿Tocarías para mí?

Margaret asintió con mucho más entusiasmo y, para sorpresa de Emily, empezó a contarle todo sobre la pieza que estaba intentando dominar. Emily escuchó atentamente mientras seguía desayunando hasta que oyó la pisada de alguien pesado detrás de ellas.

—¿Margaret? —llegó la voz, una que Emily reconoció. Cuando se giró, vio con una sacudida que los ojos aguamarina de Margaret la miraban fijamente, pero desde un rostro diferente: el del conde.

Él debía ser su padre.

CAPÍTULO 6

Su hija estaba hablando. Animadamente.

Charles se quedó sorprendido por un momento al entrar en el comedor. ¿Quién era esa niña que hablaba de una u otra canción con tanto detalle?

Recordó la noche en que conoció a la señora Nicholls y la escena que había presenciado entre ella y los niños Coningsby. Estaba claro que a ella le gustaban los pequeños, según su profesión, y obviamente, su hija había respondido.

Charles no quería admitir la punzada de dolor que lo recorrió al ver que ella se negaba a decirle siquiera una palabra.

Hasta aquí sus deliberaciones sobre la mejor manera de presentar a la señora Nicholls a su hija. Parecía que todo había ocurrido independientemente de sus intenciones.

—¿Margaret? —repitió él mientras las dos mujeres lo miraban fijamente desde sus lugares contiguos en la mesa. De alguna manera, se sentía el forastero, a pesar del hecho de que sentadas frente a él en su propio comedor estaban su hija y su prometida... bueno, por un tiempo, al menos.

—Lord Doverton —exclamó la señora Nicholls, levantándose de la mesa con una pequeña reverencia. —Buenos días.

Su hija lo sorprendió siguiendo el ejemplo.

—He tenido una suerte increíble al encontrarme con una compañera tan encantadora para el desayuno —dijo la señora Nicholls sonriendo a la niña. —Margaret debe ser su hija.

La niña en cuestión le devolvió la mirada, mientras Charles asentía.

—Lo es.

—Bueno, es bastante encantadora, Lord Doverton. No puedo creer que la haya mantenido en secreto.

Su tono era ligero, pero sus ojos eran acusadores. Aunque Charles sintió la necesidad de defenderse, no podía culparla por estar molesta de que él le ocultara tal información. No estaba del todo seguro de cómo explicarse. El tema de Margaret simplemente... no había surgido. Se aclaró la garganta mientras determinaba qué decir, pero la señora Nicholls continuó, salvándolo.

—Margaret me va a enseñar su sala de música esta mañana cuando terminemos de desayunar —dijo. —¿Quizás le gustaría acompañarnos?

—Yo, ah... no estoy del todo seguro... —dijo él, con los ojos puestos en su hija para medir su reacción, pero ella permaneció tan estoica como siempre, sin decir una palabra.

—Nosotras empezaremos y esperaremos a que usted se nos una —dijo la señora Nicholls con una mirada punzante, y de repente Charles se dio cuenta de lo que sería estar bajo su cuidado como institutriz. —Nos veremos en breve. Vamos, Margaret, por favor, muéstrame el camino. Creo que necesito un mapa para orientarme en esta mansión. Esta hermosa propiedad —añadió ella, totalmente en beneficio de él, estaba seguro.

Y así fue como, un poco más tarde, Charles se encontró

caminando por el gran vestíbulo, el salón y, finalmente, la biblioteca, antes de tomar el pasillo curvo hacia la sala de música.

Hasta hacía varias semanas, cuando había encontrado a su hija allí, hacía años que Charles no veía la sala de música, y ahora estaba aquí, visitándola de nuevo por segunda vez en un mes. Esta ala de la casa se había construido exclusivamente para el placer de Miriam. Ella había disfrutado de la música, pero aún más, había disfrutado gastando el dinero de él en varias renovaciones y adiciones a la propiedad.

Pero Margaret parecía estar encantada con la habitación, así que al final, supuso él, valía la pena.

Las paredes eran de color crema, una de las pocas habitaciones de la mansión que no estaba adornada con papel tapiz. Entre los apliques colgados en la pared había una amplia gama de cuadros de paisajes. Al ver a Margaret y a la señora Nicholls sentadas una al lado de la otra en el banco frente al pianoforte, él tomó asiento en uno de los sofás tapizados de color azul que estaban pegados a las paredes en las afueras de la sala.

—Ahora —dijo la señora Nicholls mientras inclinaba su cabeza rubia más cerca de la oscura de Margaret. —Esta se llama "While Shepherds Watched Their Flock By Night".

—¿Sobre la historia de Navidad?

—Pues sí, exactamente.

—Disfruto cuando la mansión está decorada.

—Bueno, entonces ¿no tenemos suerte de que mañana sea Nochebuena?

—¿Lo es?

—¡Por supuesto! —exclamó la señora Nicholls. —¿Tienes... tienes una institutriz, Margaret?

—Ya no.

—¿Oh? —dijo la señora Nicholls, y Charles estuvo a punto de levantarse, enfadado de que se le ocurriera interrogar así a la niña, pues esto no tenía nada que ver con ella. Sin embargo, se detuvo al darse cuenta de que estaba más interesado en escuchar el resto de la conversación.

—La señorita Kedleston se fue una semana antes de que papá llegara a casa—. La niña hizo una pausa antes de añadir con una voz tan suave que él tuvo que esforzarse para escuchar sus palabras: —Dijo que yo era muy difícil.

—¿Tú? ¿Difícil? —preguntó la señora Nicholls con asombro en su voz y en su rostro. —Me cuesta imaginar que sea así.

De hecho, la señorita Kedleston había escrito diciendo que era difícil enseñarle a una alumna que no le decía una palabra. Al parecer, Margaret castigaba con el silencio a quien no le gustaba. Charles había comprendido, desesperado por lo que debía hacer con su hija. Ella siempre había estado aquí, en Ravenport con Miriam. Él había intentado visitarla, había intentado formar parte de su vida, pero Miriam había sido clara al decir que no deseaba que él viviera aquí. Él podría haber forzado la situación, pero era más fácil dejarla en paz. Sin embargo, Miriam había llenado la cabeza de su hija con mentiras sobre él, y la niña nunca lo había visto más que como el enemigo.

Entonces Miriam murió, dejando a Margaret, que creía que su padre era un monstruo frío que no quería tener nada que ver con ella. Lo cual estaba muy lejos de la verdad.

—Apuesto a que tu señorita Kedleston simplemente no sabía cómo trabajar con alguien tan inteligente como tú —comentó la señora Nicholls con una sonrisa para la pequeña, y a Charles le calentó el corazón ver que su hija le devolvía la sonrisa, aunque su expresión estuviera dirigida a otra persona. —Ahora, déjame enseñarte esta canción.

Empezó a tocar las notas y a cantar con ellas. Tenía una voz encantadora, que ciertamente podía sostener una melodía y era agradable de escuchar. Su cara se iluminó radiantemente cuando la melodía llenó la habitación, y su garganta se espesó de emoción. De hecho, Charles estaba tan impresionado con ella, sentada allí, tocando con una sonrisa en la cara, que recibió una sacudida cuando escuchó a su hija hablar una vez más.

—Creo que ya tengo la melodía.

—¿Sí? —preguntó la señora Nicholls, y Charles se sorprendió tanto como ella. Pero mientras él quería insistir en seguir instruyendo a la niña, la señora Nicholls la instó a que tocara. Y así lo hizo. Charles había escuchado a Margaret tocar una vez antes, pero apenas podía creer la maestría con la que había aprendido la canción en unos instantes. La niña tenía talento, eso era seguro. La señora Nicholls comenzó a cantar junto con la niña, y después de un momento, Margaret se unió, con su voz suave y alta.

While shepherds watched their flocks by night,
All seated on the ground,
The angel of the Lord came down,
And glory shone around...

Mientras Charles escuchaba a las dos, un extraño y alegre calor comenzó a recorrer su pecho. Escuchó la letra de la canción, que pintaba un cuadro de alabanza y alegría. Para él, la Navidad siempre había sido una ocasión religiosa acompañada de una buena comida, una familia a la que prefería no visitar y una celebración al final de todo. No esta festividad que todo lo abarca, que, debía admitir, sonaba bastante agradable.

Terminaron con un sonoro: *"Good will henceforth from heaven to men; Begin and never cease"*, antes de que ambas se echaran a reír. Charles aplaudió lentamente mientras se levantaba y se acercaba a ellas.

—Muy bien hecho —dijo él, y su hija bajó los ojos al instante, aunque la señora Nicholls le sonrió, una sonrisa muy apropiada, por así decirlo. Ahora que estaban más cerca, pudo ver que pequeñas pecas salpicaban su delgada nariz, sobre la que se posaban sus anteojos. Detrás de ellas, sus ojos eran del color del jerez, y parecían ver a través de él hasta su propia alma, una que se esforzaba por ocultar a los demás. La vida de un conde no estaba llena de alegría y emoción y de cálidas noticias navideñas. Era una vida de cumplimiento del deber, como la de recibir a la familia, que él prefería que permaneciera en sus propias casas.

—Gracias, Lord Doverton —dijo la señora Nicholls, y él asintió.

—Tal vez sea mejor que me llame Charles —le recordó, y ella palideció pero asintió.

—Gracias por entretener a mi amiga, Margaret —dijo él con suavidad. —Me gustaría mostrarle algunas de las otras habitaciones de la casa, si te gustaría acompañarnos.

Ella negó con la cabeza y volvió al pianoforte. —Tocaré un rato —dijo ella, y Charles decidió que lo tomaría como una victoria, ya que ella, al menos, había utilizado palabras para responderle.

—Señora Nicholls- Emily... —La miró en busca de aprobación para usar su nombre, y continuó cuando ella asintió. —¿Le gustaría acompañarme a dar una vuelta por la propiedad?

—Sí —dijo ella, poniéndose de pie y volviéndose hacia Margaret. —¿Quedamos para almorzar, Margaret?

La niña asintió y Charles le tendió el brazo. Emily lo miró por un momento, ligeramente insegura, pero luego deslizó su mano por el brazo de él y lo tomó. Charles aprovechó la oportunidad para revisar su vestido. Le quedaba casi perfecto, y la verdad es que estaba muy bella vestida con la muselina color crema. La modista había hecho bien su trabajo.

—Probablemente deberías tener una idea de cómo orientarte antes de que lleguen los invitados —dijo él mientras la guiaba fuera de la sala de música. Él notó lo delicados que eran los dedos desnudos de ella sobre su brazo. Hacía tiempo que no acompañaba a una mujer.

—Tengo la impresión de que podría enseñarme las habitaciones docenas de veces y seguiría sin encontrar el camino —dijo ella riendo un poco, y cuando él la miró, notó el hoyuelo que aparecía en la esquina de su mejilla cuando sonreía.

—Me doy cuenta de que la propiedad es algo extravagante —admitió él. —Pero es la mansión de la familia, y estoy acostumbrado a ella. Cuando uno pasa los días de niño jugando al escondite detrás de las columnas del salón de mármol, de alguna manera no parecen tan premonitorias.

Ella sonrió ante su historia. A pesar de su persona, a él le resultaba fácil hablar con ella. —¿Tiene hermanos? ¿Se unirán a nosotros?

Él intentó no fruncir el ceño ante sus palabras. —No los tengo. Mi madre murió al darme a luz y mi padre no se volvió a casar. Sin embargo, tengo primos.

—¿Como el que conocí en el baile de los Coningsby?

—Sí, por desgracia. Edward puede ser bastante... poco delicado, supongo que se podría decir.

—¿Y el resto de sus primos? —le preguntó ella mientras la guiaba por el salón, deteniéndose con ella cuando se detuvo a mirar los rosetones y los compartimentos octogonales del techo abovedado.

—La mayoría caen en la misma línea que Edward —reflexionó él —, aunque hay algunos cuya compañía disfruto. Me temo que mi abuelo enfrentó a mi padre y a su hermano toda su vida -creía que la competencia era un método para mejorar-, lo que ha continuado en el resto de la familia.

Ella lo miró con lástima en su rostro. Una lástima para la que él no tenía tiempo. —Lamento escucharlo.

—Es parte de esta vida, señora Nicholls, una en la que, afortunadamente, sólo se unirá durante un par de semanas.

Empezaron a caminar de nuevo, dando vueltas por el vestíbulo hasta el salón. Allí, él tomó asiento en una de las incómodas sillas rosas y le indicó a ella que tomara otra.

—¿Tiene alguna pregunta para mí, Emily? —preguntó él, esperando que ella se diera por satisfecha con lo que ya había averiguado y no le preguntara más. Tenía que revisar algunos libros de contabilidad esta mañana. Había mucho trabajo que hacer antes de la locura que supondría su familia, que llegarían mañana.

—Sólo una —dijo ella, mirándolo con ojos muy abiertos, llenos de una mezcla de inquietud y curiosidad. —¿Por qué su hija le tiene tanto miedo?

CAPÍTULO 7

Emily sabía que a Lord Doverton no le gustaría su pregunta. Pero si iba a pasar algún tiempo con aquel hombre, por breve y artificioso que fuera, tenía que saber la respuesta. Se negaba a estar comprometida -incluso falsamente- con un hombre que maltrataba a su hija.

—¿Perdón? —dijo él, mordiendo las palabras, su semblante estoico se quebró al retroceder en defensa. —Margaret no me tiene miedo.

—¿No? —dijo Emily, con la boca seca, pero siguió insistiendo. —Entonces, ¿por qué apenas habla una palabra en su presencia? ¿Por qué prácticamente se encoge cuando usted entra en la habitación?

Lord Doverton -Charles, se recordó a sí misma- suspiró mientras se ponía de pie, pasándose una mano por el cabello oscuro. Por un momento, Emily pensó que parecía bastante desesperado, con el cuello rígido y los antebrazos tensos, aunque no podía estar del todo segura, ya que cuando soltó la mano, la mirada desapareció de nuevo y el señor estoico había vuelto.

Él se acercó a la chimenea, mirando hacia abajo antes de volverse hacia ella.

—Como habrás deducido, estuve casado... con la madre de Margaret.

Emily asintió, esperando con su silencio que él continuara. Lo hizo.

—Al ser el único hijo de mi padre -su único hijo- me presionó para que me casara pronto, para empezar a producir herederos y que la línea familiar continuara en caso de que me sucediera algo. Miriam era de buena familia. Mostraba interés por mí, era hermosa y venía de una familia de seis miembros. Su hermana ya tenía tres hijos antes de cumplir los veinticinco años. Mi padre la consideraba una buena apuesta para tener hijos, ¿y quién era yo para discutir?

Emily se mordió el labio. No le parecía una razón para casarse, pero nadie le había pedido su opinión.

—Nos llevábamos bien, al principio. Éramos civilizados el uno con el otro, disfrutábamos de muchas de las mismas salidas sociales, teníamos conocidos comunes, aunque no éramos excesivamente amistosos, supongo que se podría decir—. Hizo una pausa por un momento, pareciendo bastante incómodo. —Después de seis años juntos, Miriam aún no había dado a luz a ningún hijo.

—Ya veo —dijo Emily, con el estómago encogido por la mujer, comprendiendo su situación.

—A estas alturas, no nos llevábamos bien. Ella tenía poco tiempo para mí. Creo que ella requería más atención de mi parte, pero yo también tenía responsabilidades. Entonces se volvió tan amargada que era difícil pasar algún tiempo con ella. Ella misma se consideraba un fracaso. Aunque deseaba tener hijos, no era un hombre tan estúpido como para echarle la culpa a ella. No era como si ella hubiera hecho algo malo.

Eso era más de lo que la mayoría de los hombres habrían asumido, y por eso, Emily le daba cierto crédito.

—Finalmente quedó embarazada, aunque no me lo dijo hasta bien entrado el quinto mes. Para entonces yo vivía en Londres y ella se quedó aquí. Miriam había invertido todo su tiempo en la renovación de la casa. Nos visitábamos de vez en cuando, pero principalmente vivíamos separados.

—Eso es bastante triste —murmuró Emily, y Charles se encogió de hombros.

—Así es entre muchos.

Muchos en la nobleza, tal vez. Emily no podía imaginar que alguien que ella conociera tuviera dos hogares a los que retirarse. Sus padres habían sido bendecidos por la felicidad, pero había visto a muchos que vivían juntos en la miseria. Aunque suponía que, al menos, sus padres habían tenido la opción de elegir al otro, a diferencia de muchos de la clase de Charles.

—Luego tuvo a Margaret. Nuevamente se consideró un fracaso por haber tenido una hija en lugar de un hijo. Pero esa bebé... —miró por encima de la cabeza de Emily ahora, su mirada dirigida más allá de la ventana, aunque su mente estaba en otra parte. —Era la cosa más hermosa que había visto nunca.

—Eso es encantador —dijo Emily con ánimo, ya que era evidente que había algo más en esta historia.

Lord Doverton se aclaró la garganta.

—Sí, bueno, Miriam básicamente me desterró. No quería tener nada más que ver conmigo. No quería intentar tener otro bebé, ya que dijo que eso sólo traería demasiadas decepciones. Podría haberme quedado si lo hubiera elegido, por supuesto, pero me pareció mejor proporcionarle el espacio que deseaba.

Él bajó la mirada, con los dedos apretados en el respaldo de la silla en la que se apoyaba. —Fue un error. Miriam llenó la cabeza de Margaret con toda clase de mentiras sobre mí, de modo que Margaret no quería tener nada que ver conmigo, deseaba que me fuera en la misma medida que su madre. Entonces Miriam murió de tuberculosis, y su plan causó que su única hija perdiera a ambos padres. Margaret cree que soy un hombre terrible. Que hice daño a su madre, que no quería tener nada que ver con ella. Que la dejé porque elegí dejarla—. Cerró los ojos con fuerza. —Eso no es así, y sin embargo no veo cómo puedo convencerla de lo contrario.

El corazón de Emily se inclinó hacia el hombre que ahora le mostraba más emoción de la que probablemente había mostrado a otra persona antes. Se trataba de un hombre que sufría, que luchaba. Podía parecer bastante frío, pero Emily tenía la sensación de que la fachada que llevaba era para protegerse a sí mismo y a las emociones que llevaba dentro.

—Bueno —dijo ella con optimismo—, la buena noticia es que ahora tiene la oportunidad de arreglar las cosas. Mostrarle a Margaret el hombre que realmente es y lo que realmente siente por ella.

—Es demasiado tarde —dijo él, enderezándose, conteniendo la emoción que se había permitido por un momento.

—Nunca es demasiado tarde.

—Te agradezco tu positividad, Emily, pero lo es —dijo él, con sus palabras cortadas. —Ahora, será mejor que me retire al estudio por un tiempo, ya que hay mucho que hacer.

Emily lo miró desconcertada.

—¡Pero si mañana es Nochebuena!

—Exactamente —dijo él, con el ceño fruncido, claramente sin entender su protesta. —La familia llegará mañana a última hora del día, así que será mejor que termine todo lo necesario hoy.

—Deberíamos empezar los preparativos para la Navidad —dijo Emily, levantándose también. —Estoy segura de que a

Margaret le encantaría hacerlo, y lo disfrutaría aún más si usted también estuviera allí.

—Por favor, Emily —dijo Charles, levantando una mano —no fuerces el tema. La relación entre mi hija y yo es cosa nuestra. Te informé de ella para que estuvieras consciente, pero no hay más acciones que debas tomar.

—Pero...

—Hablo en serio, Emily.

Emily asintió, pero no accedió a nada. La niña se merecía un padre, y allí mismo había uno perfectamente bueno, aunque no lo supiera todavía. Quizás no supiera cómo expresarlo, pero estaba claro que amaba a su hija, y eso era todo lo que ella necesitaba saber.

—Muy bien —dijo ella. —Voy a hablar con Toller.

—¿Mi mayordomo? —preguntó él, con cara de sorpresa.

—Sí, su mayordomo —dijo ella. —¿Conoce a otro Toller?

Él abrió la boca y Emily se encogió, temiendo haber ido demasiado lejos, pero siguió adelante de todos modos.

—Debo decirle que si los sirvientes no han seleccionado ya un Tronco de Navidad, me gustaría organizarlo yo misma mañana.

—¿Para qué? —dijo él, bastante perplejo.

—Porque disfruto haciendo algo así, Charles —dijo ella. —De hecho, disfruto con la mayoría de las actividades que rodean a la Navidad.

—Pero la Navidad es...

—Una fiesta religiosa, sí, lo entiendo —dijo ella, pasando las manos por la tela de su precioso vestido de mañana nuevo. —Pero creo que también es una época para darse a sí mismo, y para disfrutar de todo lo que tenemos que agradecer. Y usted, Lord Doverton, tiene mucho que agradecer en su vida.

—Charles —la corrigió. —Y sí, me doy cuenta de ello. Sé que mi patrimonio es más de lo que la mayoría tiene-

—No es a su casa a lo que me refiero —lo corrigió ella, aunque claramente él no tenía idea de lo que quería decir con eso. —Si quiere acompañarme, iré mañana por la tarde. Sin embargo, primero me gustaría hornear un poco con Margaret.

—¿Hornear? —repitió él —pero tenemos cocineras para hacer eso.

—Oh, Charles —dijo ella, sonriéndole a él y a lo poco que entendía sobre quién era ella o lo que era la Navidad. —Espero que algún día llegue a sentir lo mismo que yo.

Y con eso, lo dejó allí con las manos en el cabello una vez más.

* * *

¿En qué se había metido él?

Charles había imaginado que si tenía que fingir que estaba comprometido con alguien, una institutriz sería una buena apuesta. Nadie sabría quién era ella y, por lo tanto, cuando se separaran, no habría repercusiones. Además, ella sería recatada, seguiría su ejemplo, haría lo que él dijera y no cuestionaría ninguna decisión o cuestión de su relación durante el tiempo que estuvieran juntos.

Empezaba a darse cuenta de lo equivocado que estaba.

¿Quién era esta señora Nicholls? A primera vista, parecía ciertamente una institutriz, con su sencillo moño, sus anteojos y los vestidos simples que había llevado hasta que él le había regalado un nuevo vestuario.

Pero después de unas cuantas conversaciones, descubrió que debajo del paquete exterior había alguien completamente distinto.

En primer lugar, ella tenía una extraña fascinación por la Navidad. No tenía ni idea de por qué. Luego estaban sus opiniones sobre su familia, que no tenía por qué cuestionar.

Le había explicado su relación con su hija, proporcionándole mucha más información de la que pretendía, pero no tenía necesidad de que ella la mejorara. Era demasiado tarde para salvarla. Una vez terminadas estas Navidades, encontraría una prometida que le conviniera y que cuidara de Margaret, engendraría un heredero y acabaría con todo este asunto de Edward.

Sólo tenía que superar los próximos días.

Charles entró en su estudio, que era una de las habitaciones que Miriam no había tocado. Sin embargo, era irónico, ya que era la única habitación que a él le hubiera gustado cambiar, ya que le recordaba mucho a su padre. Su padre, que siempre había sido tan frío, tan calculador, tan incapaz de mostrarle a Charles siquiera una pizca de afecto.

Se movió incómodo mientras tomaba asiento en la silla del escritorio y le vinieron a la mente las palabras de Emily sobre su propia hija. ¿Se estaba convirtiendo en el mismo hombre que había sido su padre? Salvo que, en este caso, no era culpa suya que existiera tal abismo entre ellos, sino de su mujer, que había puesto a la niña en su contra.

Acababa de abrir uno de sus libros de contabilidad y empezaba a revisar los gastos cuando el ama de llaves llamó a la puerta y se apresuró a entrar en la habitación.

—¿Milord? —preguntó su ama de llaves con urgencia. Mientras que Toller siempre había sido leal a él y a su familia, Miriam había contratado a la señora Graydon. Aunque ella siempre había mantenido una educada reserva, él podía sentir que estaba tan volcada contra él como Margaret.

—¿Sí, señora Graydon? —preguntó él, intentando tener paciencia, mientras el ama de llaves se retorcía las manos.

—Es que... la señora Nicholls, está en la cocina.

—Oh, sí —dijo él, agitando una mano en el aire. —Creo que iba a hornear algo.

—Bueno, la cocinera está bastante agitada. Verá, ella ya

había planeado todos los postres y pasteles para acompañar la comida de Navidad, y ahora la señora Nicholls está añadiendo algo más. La cocinera tampoco quiere insultarla, pero ¿y si lo que hace es apenas comestible? ¿Cómo no se los servimos a su familia sin insultar a la señora Nicholls?

Charles suspiró.

—Estoy seguro de que no es un asunto que requiera mi atención, señora Graydon.

—Toller dijo lo mismo —comentó la mujer. —Pero sin una señora de la casa, no sé a quién más recurrir, ya que la señora Nicholls no parece inclinada a escucharme, y no puedo muy bien decirle lo que debe hacer.

—No, señora Graydon, no puede.

Puede que Emily Nicholls no fuera en realidad su prometida, pero para su personal sí lo era.

—Hablaré con ella, pero señora Graydon, la señora Nicholls será tratada como la señora de la casa. ¿Lo entiende?

La señora Graydon se puso colorada pero asintió con la cabeza mientras Charles se levantaba para ver qué ocurría exactamente en su cocina.

CAPÍTULO 8

Hacía tiempo que Charles no entraba en las cocinas de Ravenport Hall. De joven había pasado mucho tiempo aquí, robando tartas y pasteles después de la cena, sobre todo si su padre lo mandaba a la cama sin ellos. Pero desde que se había convertido en el señor de la mansión, había considerado que estaba por debajo de él ocupar esta ala de la casa, que incluía las cocinas y todas las dependencias de los sirvientes.

—Ahora, Margaret —pudo oír la voz de Emily desde el interior mientras avanzaba por el pasillo —es importante mezclar los ingredientes húmedos en un bol y los secos en otro. Luego los mezclaremos todos juntos, ¿de acuerdo?

—Sí, señora Nicholls —dijo ella obedientemente.

—¿Has horneado alguna vez pasteles?

—No, no lo he hecho.

—Bueno, estás de suerte. Esta es la receta de mi madre.

Charles asomó la cabeza por la puerta y vio a Emily y a Margaret inclinadas sobre los cuencos para mezclar al final del mostrador, con toda clase de ingredientes delante de ellas. La cocinera seguía con sus asuntos, aunque de vez en cuando echaba un vistazo a la pareja que estaba en el extremo opuesto. Sin embargo su mirada no era hostil como había sugerido el ama de llaves, sino que se interesaba por todo lo que estaba ocurriendo.

La cocinera divisó a Charles antes que nadie, y cuando ella levantó la vista, él se llevó un dedo a los labios para que no dijera nada. Prefería observar a su hija antes de que ella se diera cuenta de que él estaba en la habitación, ya que entonces era más que probable que volviera a meterse en el caparazón que parecía habitar siempre que estaba en su presencia.

—¿Qué es lo primero? —preguntó ella y Emily comenzó a leer los ingredientes de la lista, haciendo que la niña los organizara frente a ella mientras lo hacía.

Midieron y vertieron, batieron y mezclaron mientras Charles las observaba. Estaban de espaldas a él, por lo que se mantuvo fuera de su campo de visión. Desde luego, no era la escena que había esperado cuando bajó aquí tras la queja de la señora Graydon, pero parecía que era ella quien tenía el problema y no tanto la cocinera.

Con una taza de harina en la mano, Emily miró a Margaret y se la tendió. —¿Quieres verter esto?

Charles entró finalmente en la habitación y se acercó a ellas. —¿Qué están haciendo?

Emily soltó un grito de alarma y se giró hacia él. Al hacerlo, la taza de harina se sacudió y su contenido salió volando hacia él, cubriéndolo de polvo blanco.

Charles se quedó quieto un momento antes de levantar las manos para limpiarse la harina de los ojos.

—Bueno, tal vez por eso nunca me aventuro a bajar a la cocina —dijo él mientras miraba a sus pantalones de color café, su chaleco verde y su chaqueta negra, ahora cubiertos por una fina capa de harina. Cuando levantó los ojos, se encontraron con los de Emily. Los suyos estaban tan abiertos como podían estarlo, su mano apretando su pecho mientras lo miraba fijamente.

—Lord Doverton -ah, Charles- lo siento muchísimo. No lo he oído entrar y es que, bueno, me asustó.

—Mis disculpas —dijo él secamente, aunque no estaba del todo seguro de que la precipitación de sus acciones estuviera justificada. —No debería haber venido. Había pensado...

Pero se detuvo bruscamente al ver la mirada de su hija. Si no se equivocaba, era una... sonrisa lo que veía allí. No recordaba la última vez que había visto una expresión de alegría en su rostro. Bueno, si eso la hacía reír...

Se agachó, quitando un poco de harina de su chaqueta y poniéndola en su mano.

—Supongo, Emily, que sólo hay una cosa que hacer al respecto.

—¿Qué? —preguntó ella, retrocediendo un paso hacia el mostrador como si poner algo de distancia entre ellos pudiera protegerla.

Él se inclinó, extendiendo la mano hacia ella. Antes de que ella pudiera reaccionar, él le había tomado la cara con la mano y le había untado la harina en la mejilla y la nariz.

—Ya está —dijo él con una sonrisa. —Mucho mejor. Ahora coincidimos.

La boca de Emily se abrió en una "o" redonda antes de empezar a reír mientras se frotaba la harina de la nariz.

—¡Vaya, Charles, no sabía que lo llevabas dentro!

Él miró a Margaret, y su sonrisa inicial se había ampliado aún más.

—¡Margaret! —dijo él, tratando de no permitir que el dolor lo invadiera cuando vio que su sonrisa se desvanecía un poco cuando él dijo su nombre. —Hay algo raro en tu cara.

—¿Mi cara? —dijo ella, mordiéndose el labio ahora que temblaba ligeramente ante sus palabras.

—Pues sí —dijo él contemplativo. —Está un poco demasiado... limpia.

Y con eso, puso una ligera capa de harina sobre su nariz.

—¡Padre! —dijo ella con cierta sorpresa, y ahora le tocó a él sonreír ampliamente. Era la primera vez que recordaba que ella lo llamaba así. O que se dirigiera a él.

—Si la harina es tan de tu agrado, Charles —dijo Emily inocentemente —entonces realmente debes probar un poco de la crema de chocolate.

Ella tomó una cuchara del tazón de ingredientes húmedos y la extendió hacia él. Él la miró con desconfianza, pero ella pareció estar haciendo enmiendas. Sin embargo, cuando fue a dar un mordisco a la cuchara, ella se la quitó y se la untó en la barbilla antes de dejarle probarla. Era... decadente. Él se limpió la barbilla con el dedo y luego se lo tendió.

—¿Has probado un poco, Emily?

—No lo he hecho —dijo ella, echando la cabeza hacia atrás. —Esperaré hasta que terminemos.

—Eso no es divertido —dijo él, levantando una ceja, y luego en lugar de eso puso el dedo en la punta de su nariz. Ella lanzó un chillido, y pronto los tres estaban lanzando todo tipo de ingredientes de un lado a otro. Había azúcar en el cabello, harina en el suelo y melaza en la encimera.

De alguna manera, en el tumulto, el dedo de Charles, todavía cubierto de chocolate, se posó en los labios de Emily. Lo retiró rápidamente, pero luego vio cómo ella se lamía lentamente el chocolate de los labios. Eso le hizo sentir algo, haciendo que sus pantalones se tensaran al pensar en qué más podría hacer ella con esa lengua rosada.

Sacudió la cabeza inmediatamente para despejar ese pensamiento no deseado. ¿En qué demonios estaba pensando? Era un conde, por el amor de Dios, que no tenía tiempo para tales pensamientos con respecto a la institutriz, que se suponía no era más que una sustituta hasta que tuviera tiempo de encontrar una verdadera futura esposa.

—¿Qué está ocurriendo aquí?

Todos se quedaron quietos como estatuas ante la reprimenda de la puerta antes de girarse como uno solo para encontrar a la señora Graydon de pie mirándolos a todos.
—¡La cocina está destrozada!

—Lo siento, señora Graydon —dijo Emily avergonzada.
—Nos hemos dejado llevar.

—¡Dejado llevar! —exclamó ella. —Por qué esto es... esto es...

—Esta es mi cocina —dijo Charles, volviéndose hacia ella, con su voz de autoridad de vuelta. La reprimenda del ama de llaves fue un recordatorio de lo que era su lugar... y el de ella. Había estado tan enfrascado en tratar de apaciguar a su hija - y a Emily, si era honesto- que había olvidado quién era él y de todo lo que era responsable frente a sus sirvientes. Ellos le perderían todo el respeto. Nunca debería haber estado jugando con la comida, y mucho menos estar presente en las cocinas de su mansión.

—Aunque estoy de acuerdo en que este desorden es bastante desagradable, también les pago a todos ustedes para que lo limpien, ¿no es así?

—Sí, milord —dijo la señora Graydon, aunque sus ojos no transmitían la misma sinceridad que sus palabras.

—Ayudaremos a limpiar el desorden —dijo Emily rápidamente, pero entonces Charles volvió su mirada hacia ella.

—No, no lo harán —dijo, levantando un dedo para enfatizar la seriedad de su orden. —La señora Graydon está consciente de que usted debe ser tratada como la señora de esta casa en este momento.

El reconocimiento apareció en los ojos de Emily, al captar claramente el significado de sus últimas palabras, "en este momento". Hasta que llegara el momento en que volviera a casa de lord y lady Coningsby en su papel de institutriz, muy lejos de ser la señora de la casa. Maldita sea, toda esta farsa se estaba volviendo bastante ridícula. Por eso era que normalmente él mantenía todo tan superficial. Una falsedad sólo llevaba a otra hasta que una era tan profunda que no estaba seguro de qué camino tomar.

—Gracias, señora Graydon —le dijo a la mujer de ojos férreos de la puerta. —Eso es todo. Ahora —dijo él volviendo a Emily y Margaret, que estaban mirando hacia abajo como si fueran alumnas castigadas. Suavizó su tono. —Las dos pueden continuar con lo que estaban preparando antes de que las interrumpiera. Estoy deseando probarlo.

—Gracias, Charles —dijo Emily en voz baja mientras le entregaba a Margaret un paño antes de buscar uno para ella. Se quitó los anteojos para limpiarse la cara y, cuando lo hizo, él pudo ver mejor que nunca sus cálidos ojos marrones. Por un momento, pensó que podría ahogarse en sus profundidades de jerez, olvidando todo lo demás que debía hacer, de lo que era responsable, y limitándose a mirarla.

Luego, ella volvió a colocarse los anteojos en la nariz y bajó la cabeza para repasar la receta que tenía debajo, y el momento desapareció, aunque él no pudo evitar que se grabara a fuego en su memoria.

Él se aclaró la garganta.

—Entonces, simplemente... ah... las dejo continuar —dijo, y luego giró sobre sus talones y se retiró tan rápido como pudo antes de que alguna de estas damas le hiciera perder todo pensamiento racional una vez más.

CAPÍTULO 9

Emily llamó a la puerta del estudio del conde, tan indecisa ahora como cuando llamó a la puerta de esta mansión. Miró al plato que tenía en sus manos, lleno ahora de los bollos de canela que ella y Margaret habían conseguido finalmente crear, entre otros pasteles, con un poco de ayuda de la cocinera.

Él había dicho que quería probarlos, y en cierto modo, ella sintió la necesidad de disculparse por el desastre de hoy en la cocina. Aunque, tal vez, no fuera del todo desafortunado, pues Margaret había parecido bastante cautivada por la situación.

Había hablado de ello durante bastante tiempo tras la marcha de su padre. —¿Y lo has visto, cubierto de harina? —había exclamado con una risita, a la que Emily había respondido con una propia. Tuvo que admitir que había sido todo un espectáculo, el conde de Doverton de pie, con su ropa antes inmaculada, completamente cubierto de harina blanca y con chocolate por toda la cara.

Hasta que llegó la señora Graydon. Emily no recibía precisamente sentimientos cálidos de parte de la mujer, y tenía la idea de que se sentiría bastante aliviada cuando Emily se marchara, lo que ocurriría dentro de dos semanas, se recordó a sí misma.

La puerta se abrió de repente y ella dio un pequeño salto cuando el conde se quedó esperándola.

—Vaya, te asustas con facilidad —dijo el conde mientras abría la puerta para permitirle la entrada.

—Lo hago —admitió ella. —Confieso que no es uno de mis mejores puntos.

—Bueno, si ese es el peor de tus hábitos, no creo que tengas mucho de qué preocuparte.

—Es muy amable de su parte, milord.

—Charles.

—Sí, Charles —dijo ella, mordiéndose el labio. —Mis disculpas. Es difícil acostumbrarse a llamarlo así después de pasar tantos años como institutriz.

—Al menos eso te ha proporcionado conocimientos sobre el funcionamiento de una propiedad como ésta —dijo él mientras hacía un gesto con la mano hacia el sofá de piel y la silla que rodeaban una mesa de caoba. Hacían juego con su monstruoso escritorio situado en un lado de la pared.

—Es verdad que sí —dijo ella. —Aunque me estoy poniendo bastante nerviosa por la llegada de su familia.

—Nunca les temas —dijo él, aparentemente sin preocupación. —Sólo sé educada y mantente alejada de su camino.

Bueno, no era esa tranquilidad la que calmaba sus temores, pensó Emily mientras Charles tomaba asiento en la silla mientras ella se encaramaba en la esquina del sofá.

—Oh, le he traído unos bollos —dijo ella tendiéndoselos. —Son de canela.

Él no dudó en extender la mano y tomar uno de ella.

—No debería comer uno antes de la cena —dijo él siempre disciplinado —pero nunca he podido evitarlo cuando se trata de algo dulce.

Dio un mordisco, con los ojos abiertos de par en par.

—Vaya, Emily —dijo cuando hubo terminado su bocado. —Eres una mujer con muchos talentos. Ciertamente sabes hornear.

Sus mejillas se calentaron. —Mi madre me enseñó —dijo ella.

Él bajó la mirada hacia el bollo que tenía en sus manos.

—Debo disculparme por haberte alejado de tu familia estas Navidades —dijo en voz baja antes de levantar los ojos hacia los de ella. —Parece que ustedes deben ser muy unidos.

—Lo somos —dijo ella con una sonrisa triste. —Mi padre no está bien, por desgracia. Sus pulmones están fallando.

—Lamento escuchar eso —dijo él con el ceño fruncido. —¿Hay algo que se pueda hacer?

—No lo creo —dijo ella —, al menos no según el médico de nuestro pueblo.

—Tus padres no están lejos —dijo él, con una mirada pensativa. —Una vez pasadas las Navidades, enviaré a mi propio médico desde Londres para que lo vea.

Emily sacudió la cabeza con fuerza ante sus palabras.

—Oh, no, milo- Charles. No podría pedirte que hagas eso.

—¿Por qué no?

—El costo sería probablemente demasiado alto —dijo ella sin vergüenza. —Con lo que nos ha dado, sé que probablemente cubriría gran parte, pero pensaba utilizarlo para mantenerlo cómodo y para contratar a alguien que se encargue de mis padres y ayude a cuidarlos mientras mi hermana y yo trabajamos. Su médico, aunque estoy segura de que es bastante competente, probablemente sería un gasto innecesario.

—Yo lo pagaría —dijo él, inclinándose hacia ella.

Emily ansiaba decir que sí, que gracias, pues haría cualquier cosa por su padre. Pero no podía pedirle más a Charles. Él ya había sido más que generoso.

—No puedo...

—Lo harás —dijo él, acomodándose en su silla una vez más.

—¿Siempre hace lo que le da la gana, a pesar de lo que los demás tengan que decir al respecto? —preguntó ella, levantando una ceja así como una comisura de los labios para que él se diera cuenta de que estaba bromeando en parte.

—Normalmente —respondió él encogiéndose de hombros. —Es uno de los aspectos de ser conde que más disfruto.

Ella asintió mientras él la miraba con astucia.

—Déjame adivinar: hoy has ayudado a limpiar la cocina, ¿verdad?

Ella abrió la boca para negar sus palabras, pero no pudo evitar decir la verdad.

—Lo hice —contestó con una mueca. Sabía que él se sentiría decepcionado, ya que se había empeñado en que no lo hiciera, pero no había podido evitarlo, a pesar de que él le había ordenado lo contrario. —Al fin y al cabo, el desorden lo hice yo —dijo en defensa. —Y además, la cocinera y las sirvientas ya tenían mucho que hacer, siendo que mañana ya es Nochebuena.

Él sonrió ligeramente, pero negó con la cabeza. —Ah, Emily, puede que conozcas el funcionamiento de una casa como ésta, pero tienes mucho que aprender para convertirte en condesa.

Ella levantó una ceja. —Entonces es mejor, quizás, que no lo haga en realidad.

Ambos guardaron silencio por un momento ante sus palabras y Emily se arrepintió al instante. Había parecido que estaban llegando a un punto de amistad, si no otra cosa, y ahora ella había arruinado el momento.

Él dio otro mordisco al bollo y Emily se puso de pie, sin saber qué más había que decir.

—Será mejor que me vaya —dijo ella, pasándose las manos por las faldas, que ahora eran de un morado intenso, pues se había cambiado tras el caos en la cocina. Extrañamente, no quería irse. Se sentía atraída por estar aquí, con él, a pesar de que sabía que estaban a mundos de distancia el uno del otro.

Sin embargo, él asintió con la cabeza y ella supo que había llegado el momento de salir, ya que se había dado cuenta de que él esperaba que todos siguieran sus deseos, y con razón. Después de todo, era su casa.

Acababa de poner la mano en el pomo de la puerta cuando él la llamó.

—¿Emily?

Ella se volteó.

—¿Sabes cómo bailar?

—En cierto modo —respondió ella mordiéndose el labio, aunque su corazón latía rápidamente al pensar en poner en práctica lo que sabía delante de una habitación llena de gente. —Hay algunos bailes que aprendí de niña y otros que he visto aprender a mis pupilos. He practicado con ellos.

—¿Has bailado alguna vez el vals... con un hombre?

Emily tragó con fuerza.

—No lo he hecho.

—Bueno, entonces —dijo él. —Bailamos algunas noches, y habrá un baile aquí en la Noche de Reyes. Necesitarás saber los pasos. Después de la cena, reúnete conmigo en el salón y nos aseguraremos de que sepas exactamente qué hacer.

—Oh, Charles, no creo...

—Por favor, Emily —dijo él con calma, y ella asintió rápidamente. Lo había planteado como una pregunta, pero claramente era más que eso.

—Muy bien.

Y entonces ella salió a toda prisa por la puerta para que él no pudiera ver el miedo que ella sabía que aparecería en su rostro.

Porque no era el baile lo que ella temía. No, le preocupaba que el baile con Charles le gustara mucho más de lo que debería, lo que nunca sería bueno en absoluto.

* * *

Emily oyó los acordes de la música incluso antes de poner un pie en el salón. Era un pequeño sonido metálico y no una melodía que ella reconociera.

Había estado preocupada por este baile durante toda la cena, que había sido algo tranquila y bastante tensa. Había intentado entablar conversación, pero casi se había rendido de cansancio después de hacer todo lo posible para aliviar la tensión entre padre e hija, que apenas hablaban, aparte de comentar los platos que tenían delante.

Mientras tanto, había estado buscando en su cerebro una razón por la que no podía reunirse con el conde esta noche para bailar con él, pero sabía que él se daría cuenta de cualquier excusa que intentara.

Así que aquí estaba, de pie frente a la puerta del salón, donde iba a bailar con un conde.

Se rio en voz baja al pensar en su familia y en lo que dirían si les dijera que esa era su situación actual. James se habría reído de lo absurdo de todo aquello. Nadie le creería nunca. ¿Y por qué lo harían? Ella misma no podía creerlo. No lo haría si no fuera por la evidencia tangible del hombre que la esperaba. Era algo parecido a un cuento de hadas, salvo que en éste no había un "felices para siempre".

Por eso Emily no pudo estar más sorprendida cuando abrió la puerta y encontró al conde de pie en medio del salón, con el ceño fruncido por la concentración mientras sostenía a una pareja imaginaria entre sus brazos, moviendo la boca mientras contaba los pasos dando vueltas por la habitación.

Tenía un ritmo excelente, eso lo reconocía ella, inclinando la cabeza como si estuviera criticando a uno de los niños que cuidaba. Sin embargo, necesitaba un poco de trabajo adicional en su decoro, ya que parecía un poco demasiado rígido...

—¡Emily! —exclamó él mientras se giraba en su dirección, deteniéndose inmediatamente y colocando los brazos detrás de la espalda como si pudiera ocultar lo que había estado haciendo. —Mis disculpas, no te he oído entrar.

—No hay necesidad de disculparse —dijo ella mordiéndose la mejilla para no sonreír. —Veo que está practicando. Habría pensado que usted estaría bien versado en el vals.

Ella pensó que era bastante entrañable cuando sus mejillas se pusieron rojas.

—Sí, bueno, es un baile relativamente nuevo, y no puedo decir que tenga la costumbre de participar mucho.

—Ya veo —dijo ella, aunque no lo hacía en absoluto. Si él deseaba tanto una esposa, ¿por qué no cortejaba a una mujer mucho más adecuada que ella? —Bueno —dijo en su lugar, con bastante diplomacia —, no soy una completa novata, así que tal vez una pareja real podría ser de alguna utilidad para ti.

—Muy bien —dijo él.

Él se dirigió a un lado de la habitación y se detuvo ante una pequeña mesa auxiliar. Curiosa, Emily lo siguió.

—¿Es eso una caja de música?

Había oído hablar de ellas, pero no había visto ninguna antes.

—Lo es —afirmó él, comenzando a darle cuerda. —Era de mi madre. Creo que su padre se la compró en Alemania. Tengo una pequeña colección de algunos recuerdos suyos: esto, un cepillo para el cabello y un par de joyas.

Emily no podía imaginar que sólo tuviera unos pocos objetos para recordar a su madre. Ella tenía más baratijas de su madre tan sólo en su maletín.

—La música, convenientemente, está en tres cuartos de tiempo, por lo que se presta para un vals. Mis disculpas, pero sólo tendremos una canción.

—Una canción es todo lo que necesitamos —dijo ella con una sonrisa alentadora.

Le tendió la mano, y Emily casi saltó cuando la tomó, tanto fue el impacto de su cálida mano sobre la suya. No llevaba guantes, ya que nunca había tenido muchas ocasiones de ponérselos, y ciertamente no se sentía cómoda aquí cuando estaba en la casa.

La hizo girar para que quedaran frente a frente, con las manos entrelazadas, y cuando él puso su mano libre en su cintura, ella levantó tímidamente la otra mano hacia su hombro. Sus ojos se encontraron, y ella trató de frenar su respiración ante su proximidad. El aroma de su colonia, de salvia picante, la llenó, provocando un embriagador desvanecimiento por un momento.

Intentó ignorar lo atractivo que era. Lo fuerte que era su mandíbula, más bien apretada, y lo azules que eran sus ojos, aunque parecían más bien duros y un poco helados.

Emily cerró los ojos por un momento mientras intentaba disuadir cualquier pensamiento fantasioso de entrar en su mente. Se trataba de un hombre que, básicamente, la había contratado para que desfilara como su futura esposa durante dos semanas y luego se fuera de su vida para siempre. Volvería a su papel de institutriz. Era mejor que no lo olvidara.

—¿Está todo bien, Emily?

Emily. El sonido de su nombre en los labios de él era casi demasiado para soportar mientras intentaba convencerse a sí misma de que nunca podría desarrollar sentimientos por este hombre tan indiferente. Esta era su oportunidad para crear una excusa de sentirse enferma, para huir de esta habitación y no volver hasta que estuviera de nuevo en un estado mental racional.

—Estoy bien —salió de su boca en su lugar, y ella suspiró interiormente.

—¿Cómo te las arreglaste para escapar de tu último encargo? —preguntó él, y ella tuvo que pedirle que lo repitiera, porque no podía apartar los ojos de sus labios mientras él hablaba.

—¿Mi encargo? —repitió ella.

—Mi hija —dijo él lentamente. —Parece que la has adoptado como tu última labor. No eres una institutriz aquí, lo sabes.

—Por supuesto que no —dijo ella, sus palabras la sacaron de cualquier idea que pudiera tener sobre él. —Elijo pasar tiempo con ella. Es encantadora.

—Me imagino que lo es —dijo él con un suspiro. —Debo hacer una confesión.

—Muy bien.

Sin lugar a dudas ella tenía curiosidad por saber de qué se trataba.

—Te envidio.

—¿A mí? —espetó ella.

—Sí —dijo él asintiendo. —Has llegado a conocer a mi hija mejor en un día que yo en ocho años. Sólo deseo que me permita acercarme a ella.

—¿Ha pensado alguna vez en decirle la verdad?

—No —negó con la cabeza. —Ella amaba a su madre. Ahora que se ha ido... no querría empañar su recuerdo. Además, es probable que Margaret no me crea, y parecería que sólo intento poner a la niña en contra de su madre, que ya no puede defenderse.

La estimación de Emily sobre el hombre creció ligeramente.

—Eso es honorable de su parte.

—No creo que honor sea la palabra correcta. Honor habría sido quedarme cuando era difícil. Hacer las paces con Miriam para estar con mi hija. No huir cuando todo se volvió difícil.

—No todo está perdido —dijo Emily, apretando su hombro con urgencia antes de darse cuenta de lo que estaba haciendo. —Todavía puede reparar la relación.

—Lo intentaré —dijo él, y luego la miró intensamente. —¿Me ayudarás?

Emily se sobresaltó por un momento, pero luego asintió lentamente mientras una sonrisa comenzaba a formarse en sus labios.

—Eso, Charles, lo haré con mucho gusto.

Mientras daban vueltas en la pista, ella se dio cuenta de que ninguno de los dos se molestaba en seguir contando. Emily no tenía ni idea de si su baile pudiera ser considerado con gracia o elegante por cualquiera que lo viera, pero era mucho más de lo que uno creería de dos personas que apenas habían bailado el vals antes.

No sabía muy bien cómo describirlo, pero de alguna manera, le parecía... correcto.

CAPÍTULO 10

—Dime, Emily —dijo Charles, rompiendo el silencio. —¿Cómo llega una mujer como tú a ser institutriz?

—¿Una mujer como yo? —repitió ella, parpadeando mientras lo miraba fijamente.

Él apretó la mano en su cintura, acercándola a él antes de que se diera cuenta de lo que estaba haciendo. Sin embargo, ahora que no había más que un palmo de distancia entre ellos, quiso volver a ver esos ojos de color jerez, permitiendo que calentaran su alma, que había estado congelada durante tanto tiempo.

Pero ahora esos ojos se entrecerraban ligeramente, como si él hubiera dicho algo que la ofendiera. ¿Por qué sus palabras nunca salían como él quería, especialmente en su presencia?

—No pretendo ofenderte —dijo él rápidamente. —Es sólo que pareces bien educada, bien hablada. Supongo que el "señora" de tu nombre significa que estuviste casada una vez, a menos que lo hayas añadido para dar credibilidad a tu posición.

—Le aseguro que no es por ninguna pretensión —dijo ella con una leve sonrisa. —Estuve casada, sí —hizo una pausa —él murió hace seis años.

—Lo lamento —dijo él, sintiéndose de pronto como un réprobo por sacar el tema cuando el resultado era bastante obvio.

—Está bien —dijo ella, sus ojos adoptaron una mirada lejana, y vaciló un paso por primera vez desde que habían empezado. —Él y yo éramos amigos desde hacía mucho tiempo. Cuando cumplimos veintiún años, me propuso matrimonio. No había conocido a nadie más que me llamara la atención, así que decidí, ¿por qué no? Él era un abogado, como mi padre.

Charles creyó percibir cierto pesar en sus palabras, pero no lo comentó.

—¿Disfrutaron... de su vida juntos?

—Fue una buena vida, los pocos años que duró —dijo ella. —Pasé mis días disfrutando de Shakespeare y la poesía, la literatura y la historia. Su trabajo nos permitió apoyar a mis padres.

La música empezó a disminuir a medida que la caja se iba apagando, y Emily se apartó de sus brazos. Charles deseó no haber iniciado esta conversación, ya que ese momento de paz entre ellos parecía haberse roto con esta discusión sobre el pasado de ella.

—Hasta que murió —murmuró él mientras la seguía por la sala hasta donde ella tomó asiento en uno de los sofás de brocado azul que llenaban cada habitación de la casa. Por lo visto, Miriam había desarrollado una afición por ellos y se había vuelto bastante entusiasta. O tal vez simplemente quería una excusa para gastar más de lo que él tenía; no estaba del todo seguro.

—Hasta que murió —confirmó ella con un movimiento

de cabeza. Se retorció las manos en el regazo. —Oh, Charles, incluso ahora, me siento bastante culpable. Porque era un buen hombre y éramos felices juntos, tanto como pueden serlo dos personas, supongo. Podríamos decir que éramos los mejores amigos. Después de su muerte, supe que tenía que trabajar. Mi padre era el nieto de un barón, así que tiene una educación muy refinada, pero perdió la mayor parte de su dinero cuando el banco del pueblo lo perdió todo. Es demasiado viejo y está enfermo para trabajar, y mi hermana y yo somos las únicas hijas. Ella nunca se casó. Así que las dos nos convertimos en institutrices. Teníamos suficientes contactos familiares como para darnos respaldo, y logré encontrar un empleador que paga mejor que la mayoría y me trata con amabilidad. Los niños son encantadores.

Charles tomó asiento junto a ella en el sofá, inclinándose hacia delante con los codos sobre las rodillas para poder ver claramente su rostro.

—¿Eres feliz? —le preguntó mirándola fijamente y ella parpadeó una vez más.

—¿Con mi patrón? —Ella sonrió con ironía. —¿Por qué, Charles? ¿Quieres contratar a una institutriz?

Él se echó atrás ante sus palabras. No había querido decir eso en absoluto. Le estaba preguntando si era feliz con su vida, la vida de una institutriz. No sabía por qué necesitaba saberlo tan desesperadamente.

—Si quiero, pero no creo que funcione, ya que todos creen que vamos a casarnos.

—Ah, sí —dijo ella, sus mejillas se inundaron de rosa mientras miraba sus largos y delgados dedos, que en ese momento apretaban la tela del vestido en su regazo. —Lo había olvidado por un momento.

Charles se puso de pie, extendiendo una mano. —¿Un baile más?

—Realmente no debería —dijo ella también poniéndose de pie, pero retrocediendo para alejarse de él. De repente, él sintió la necesidad de abrazarla más de cerca; de poder, tal vez, mostrarle algo de consuelo de esta única manera que podía.

—¿Por favor? —le preguntó, y después de mirarlo fijamente por un momento, ella asintió lentamente.

—Muy bien.

Él le dio cuerda a la caja una vez más, y la melodía familiar comenzó de nuevo.

Ella colocó su mano en la de él y, con sus ojos fijos, la atrajo hacia sí. ¿Por qué esta mujer, una institutriz, le causaba tanta agitación? No tenía tiempo para estar bailando con una mujer en su salón. Ahora sabía que era una bailarina competente y capaz, aunque inexperta. Volvió a posar sus manos sobre ella, sintiendo el calor a través de las capas de ropa que llevaba. La nueva tela de su vestido era sedosa bajo las yemas de sus dedos, y se felicitó por lo bien que le sentaban las prendas.

A diferencia de las muchas jóvenes que parecían estar desesperadamente disponibles para él, Emily tenía las generosas curvas de una mujer. Su cadera se curvaba bajo la palma de su mano, y sus dedos se agitaron con un impulso no deseado de seguir el oleaje de sus nalgas para ver lo bien que se ajustaba a su mano.

Basta, Charles, se dijo a sí mismo. Estaba claro que hacía demasiado tiempo que no estaba con una mujer, y ahora estaba sufriendo las consecuencias, deseando a Emily Nicholls.

Aunque no disfrutaba de la idea de tener en su cama a una mujer joven de casi la mitad de su edad, Emily sólo era un año más joven que él y no había tenido ningún hijo durante sus años de casada. Si su objetivo era casarse para producir un heredero, entonces sería mejor que buscara en otra parte.

Y no era que Emily hubiera mostrado ningún interés en casarse con *él*. Por el amor de Dios, había pagado a la mujer para convencerla de que mantuviera esta farsa durante las próximas dos semanas.

El calor lo inundó mientras se avergonzaba de la dirección de sus pensamientos. Todo había salido mal, simplemente porque había sido demasiado orgulloso para permitir que su primo tuviera un momento de triunfo. Y su familia llegaría mañana. Que el Señor me ayude.

—¿Está bien? —La voz de Emily interrumpió sus reflexiones. —Parece bastante... distraído.

—Estoy bien —respondió él rápidamente. Demasiado rápido. —Simplemente bien. Dime, ¿volverás a casarte?

Los ojos de Emily se abrieron de par en par ante sus palabras, y Charles podría haberse pateado a sí mismo. ¿De dónde había salido esa pregunta? Desde luego, no era una pregunta que debiera dirigirse a una mujer, especialmente en sus circunstancias actuales.

—No estoy del todo segura —contestó ella encogiéndose de hombros. —Tal vez lo haga, si se presenta la oportunidad. Una puede trabajar como institutriz sólo durante un tiempo. Pero tendría que ser el hombre adecuado, y yo tendría que... no sé... *sentir* algo más esta vez. Mi primer matrimonio fue más bien un acuerdo, a pesar de que fue de nuestra propia elección.

—Ya veo —dijo él, preocupado por el hecho de que se sintiera aliviado de que ella no hubiera cerrado la puerta al matrimonio, de que su primer esposo no hubiera sido el amor de su vida. ¿Por qué importaba? —Eres una mujer interesante, Emily.

Ella se rio, inclinando ligeramente la cabeza hacia atrás, y a él le pareció que su alegría era contagiosa, aligerando sus extremidades. —Es usted muy amable, Charles, pero debo decir que interesante nunca ha sido una palabra utilizada para describirme. De hecho, la mayoría diría que soy bastante aburrida. Me gusta leer. No proporciono una conversación social interesante. No disfruto de ninguna afición que se pueda considerar diferente a la que otros aspiran. A menudo disfruto más de mi propia compañía que de la de los demás. No tengo historias románticas ni conexiones interesantes.

—¿Es así como te ves a ti misma? —preguntó él ladeando la cabeza. —Eso no es lo que veo.

—¿No? —inquirió ella alzando una ceja. —Tenía la impresión de que, cuando me seleccionó, era simplemente una mujer con la que usted y su familia no estaban familiarizados y que serviría para su propósito particular.

—Eso es lo que pensé cuando te vi por primera vez —corroboró él.

—¿Y ahora?

—Ahora veo a una mujer que sabe lo que le proporciona disfrute en la vida. Que puede hornear los bollos más increíbles que he probado nunca mientras anima a una niña a abrirse a ella. Que es lo suficientemente inteligente como para hacer lo que la hace feliz mientras sigue cuidando de las responsabilidades que le fueron confiadas. Que puede bailar el vals con un caballero que acaba de conocer sin apenas perder un paso.

Ella no le dirigió la mirada, pero él pudo notar, por la forma en que sus mejillas se enrojecieron ligeramente y por el leve roce de sus dientes sobre el labio inferior, que estaba complacida con sus palabras. No había querido avergonzarla. Sólo pensó que ella debía saber la verdad, para que cuando saliera de aquí supiera que era algo más que una típica institutriz.

—Es muy amable de su parte —murmuró ella, y luego sonrió alegremente. —Tenga cuidado, Charles, o podría ser confundido con un romántico.

Él soltó una carcajada, que sonó bastante oxidada incluso para sus propios oídos. No recordaba la última vez que había encontrado algo que le hiciera gracia. —Ciertamente no soy un romántico. Y creo que tú tampoco lo eres, Emily.

—No, supongo que no —dijo ella con un suspiro melancólico. —No creo que el amor pueda ocurrir a primera vista. Creo que las flores mueren demasiado pronto como para que se las considere un regalo considerado. Y creo que mucha gente se casa antes de entender realmente quién es el otro.

—Como hiciste tú —adivinó él.

—No —replicó ella. —Sabía en qué clase de matrimonio me estaba metiendo. Sabía que éramos amigos y que seguiríamos siéndolo sin importar lo que pasara. No teníamos un amor ardiente y apasionado que sólo conseguiría apagarse un día.

—Un buen punto.

Esta no era, ciertamente, una conversación típica para tener con una dama, pero con Emily, todo era diferente.

—Tal vez —dijo ella encogiéndose de hombros. —He visto el verdadero amor entre mis propios padres, pero parece mucho más difícil de encontrar de lo que uno podría pensar. Perdóneme, pero no parece que su propio matrimonio haya sido de esos, Charles, así que difícilmente podrá argumentar lo que digo.

—Supongo que tienes razón —dijo él pensando en Miriam. Pensó que se había enamorado de su belleza, pero no había mirado con suficiente profundidad más allá de la superficie. —Pero y si...

No era un pensamiento que debiera compartir con ella. Había hablado sin pensar de antemano, algo que nunca, nunca hacía. Esta mujer estaba haciendo que su mente se volviera confusa.

—¿Y si qué? —preguntó ella, con la voz apenas por

encima de un susurro, como si no estuviera del todo segura de querer que él terminara la idea.

—¿Y si te equivocas? —pronunció finalmente. —¿Y si puede haber ambas cosas? ¿Amor apasionado y amistad que no desaparezca con el tiempo? ¿Es posible algo así?

—Creo que tendría que ser una persona bastante afortunada para encontrar algo así.

—Sí —aceptó él, soltando su mano cuando la música disminuyó. Pero en lugar de retroceder, lo que hizo fue llevar su mano al otro lado de la cintura de ella y acercarla lentamente hacia él. —Sí, uno tendría que.

Inclinó la cabeza hasta que sus labios estuvieron a un suspiro de distancia el uno del otro. No debía besarla. Sólo serviría para complicar aún más su ya poco convencional relación. Una que acababa de empezar y que tendría que servirles durante otras dos semanas. Debían permanecer como amigos -compañeros- tal y como ella describía.

Pero entonces sus labios rosados se acercaron ligeramente y él no pudo evitarlo.

Se inclinó y colocó sus labios sobre los de ella, fusionándolos. Esperó a que ella se retirara, a que lo apartara y le dijera que aquello era una locura, que los dos no encajaban, que ella era una institutriz y él un conde. Era exactamente lo que él pensaba.

Pero ella no hizo nada de eso.

En cambio, ella le devolvió el beso en la misma medida, el beso de una mujer que sabía lo que quería y sabía exactamente lo que estaba haciendo. Una de las manos de ella se levantó para acariciar su mejilla, y él apoyó la cabeza en esa mano, recibiendo de ella todo el consuelo que le proporcionaba.

Él le acarició la nuca, sintiendo sus sedosos mechones bajo las yemas de los dedos, como si al tenerla cerca pudiera conectarse aún más con ella.

¿Qué era lo que le atraía de ella? Sin duda estaba capacitada para ser la institutriz perfecta para su hija, pero ¿para ser la mujer que él podría desear? No lo sabía. Tal vez era porque ella había logrado conocerlo más en dos días que cualquier otra mujer, incluso una que había estado casada con él durante años. Lo único que él sabía con certeza ahora mismo era que estaba disfrutando de esto más de lo que le gustaría admitir.

Dejó que su otra mano bajara hasta donde llevaba tiempo deseando ir, y cuando agarró el firme trasero de ella, sintió más satisfacción de la que había sentido en mucho tiempo. ¿Qué se sentiría al estar con ella, al estar realmente con ella?

La idea le hizo volver a la realidad y separó su boca de la de ella, aunque no se atrevió a dejarla completamente en paz. Apoyó su frente en la de ella y sus manos se posaron a los lados de su rostro.

—Dime algo, Charles —dijo ella suavemente, y él asintió.

—Cualquier cosa.

—¿Supongo que se vas a casar de nuevo? —preguntó ella, y él trató de no sobresaltarse. ¿Era esto a lo que conducía un beso?

—Lo haré, sí —dijo él lentamente, asegurándose de no hacer ninguna promesa.

—¿Por qué?

—¿Por qué? —repitió él. —¿Por qué voy a casarme de nuevo?

—Sí.

—Bueno, debo engendrar un heredero, además de proporcionar a alguien que cuide de Margaret. Esa es la razón por la que tú y yo nos hicimos... conocidos, para evitar que mi primo asuma que él o su hijo se convertirán en conde algún día.

—Porque usted necesita un heredero. Por supuesto. Eso es lo que pensaba —dijo ella, apartándose de él. Cuando se encontró con su mirada, le sorprendió la sonrisa triste que había sustituido su habitual expresión cálida. —Gracias, Charles, por los bailes.

Y con eso, ella se dio la vuelta y salió de la habitación. El único sonido que se oyó fue el eco de sus pasos mientras él se quedaba de pie y miraba tras ella, total y absolutamente desconcertado.

CAPÍTULO 11

Oh, pero era una tonta.

Emily se tumbó en la cama de su hermosa habitación, en la que no volvería a dormir después de esta Navidad, y miró el techo pintado mientras se reprendía a sí misma.

Si antes había creído que había sentido un mínimo de atracción por el hombre, ahora... ahora estaba completa y absolutamente embelesada.

Con un conde. Un hombre que, si alguna vez se volvía a casar, lo haría con la hija de un conde o un duque o un marqués o... cualquiera que no fuera una institutriz. Y, desde luego, no con una mujer de tres y treinta años, que ya había estado casada y nunca había quedado embarazada en toda la unión de seis años.

No, si había una mujer que no le convenía en absoluto, a la que nunca consideraría para nada más que un breve interludio, era ella.

Ya le dolía demasiado, y tenía que pasar otros trece días con ese hombre.

¿En qué estaba pensando ella? ¿Por qué había creído que era una buena idea?

Porque, le dijo alguna voz interior, *no pensaste que un romance así pudiera existir. Tenías la impresión de que lo considerarías simplemente como a Lord Coningsby.*

Pero no, él era mucho más que eso.

Tal vez él era demasiado serio, lento a la hora de mostrar emociones, y no tan abierto al amor de su hija como debería. Sin embargo... ella podía sentir, en el fondo, que él anhelaba más, que simplemente no sabía cómo ser el hombre, y el padre, que quería ser. Ella había prometido ayudarlo en ese sentido. Pero ahora no estaba segura de cómo podría volver a estar en la misma habitación con él.

El hecho de que la hubiera besado era, obviamente, un momento en el que él se había olvidado de sí mismo. Porque ella no era ciertamente la clase de mujer que le interesaría para algo más que lo que habría sido para él un beso sin sentido en la pista de baile. Era un conde y no sólo eso, sino un conde que estaba interesado en encontrar una mujer que le diera un heredero. Desde luego, esa mujer no era ella.

Por un lado, estaba cerca de superar la edad en la que es más probable que una mujer tenga hijos.

Además, estaba el hecho de que había pasado todos esos años casada y no había conseguido nada. No había tenido hijos, ni siquiera un indicio de haber concebido. Así que no, no era la mujer con la que él elegiría casarse.

Además, era libre de casarse con cualquier mujer que deseara. Emily había visto el gran número de hermosas jóvenes de familias excepcionales que probablemente estarían encantadas de convertirse en su condesa.

Así que debía aceptar estos crecientes sentimientos por él y acabar con ellos. No se casaría de nuevo, al menos no con un hombre que esperara tener hijos. Hacía años que había aceptado el hecho de que no tendría hijos propios. Ahora tenía que aprender que nunca podría estar con un hombre que también los quisiera. Debía aceptarlo y seguir adelante.

Tal vez era el momento de irse. Pero rápidamente dejó de lado ese pensamiento al recordar lo que podía hacer ahora por sus propios padres. Y luego estaba Margaret.

Tal vez Charles le permitiera a Margaret venir a visitarla a la casa de los Coningsby de vez en cuando. Emily estaba segura de que se llevaría bien con los niños de allí, y así no estaría sola con tanta frecuencia.

Por lo menos, Emily se comprometió a pasar los próximos días aquí y hacer todo lo posible para ayudar a Charles y Margaret a reparar su relación. Luego se iría y todo volvería a ser como antes, como debería haber sido.

Al menos, eso era lo que se decía a sí misma mientras se dormía.

* * *

La mañana siguiente amaneció fría pero soleada y, ataviada con un vestido de terciopelo verde oscuro de cuello alto, digno de una dama de primera categoría, Emily miró por la ventana la nieve que había empezado a caer.

No era frecuente que la nieve cubriera el suelo en Navidad, pero Emily pensó que era bastante hermosa en esta Nochebuena. Esperaba que fuera un buen presagio para el día siguiente. La familia de Charles llegaría mañana, pero por hoy, Emily estaba decidida a mostrarle a Margaret lo divertido que podía ser celebrar la Navidad de la manera que ella sabía.

Primero, la decoración.

Emily sabía que no debía pedir ayuda a la señora Graydon, así que después de un desayuno en el que se encontró sola, Emily buscó al mayordomo.

—¡Toller! —lo llamó cuando lo sorprendió caminando

por un pasillo. —Esperaba que pudiera ayudarme —dijo una vez que él se detuvo.

—¿Sí, milady? —preguntó él, y Emily empezó a corregirlo por su forma de dirigirse a ella, pero luego lo pensó mejor después de todo lo que Charles le había dicho respecto a su estatus aquí en su casa.

—Me gustaría decorar la casa con algo de verdor —dijo. —¿Podría arreglarse?

—Pues los criados ya están trabajando en ello —dijo él con cierta sorpresa. —La señora Graydon los está dirigiendo a todos en el vestíbulo de mármol.

—Oh, ya veo —dijo ella, bastante decepcionada al ver que ya le llevaban mucha ventaja. —Gracias, Toller. Hay una cosa más.

—Diga.

—Me gustaría elegir el tronco de Navidad hoy.

—Oh, milady —dijo él, con la preocupación grabada en su rostro, con las cejas pobladas juntas. —Hoy hace bastante frío y ha caído mucha nieve. Tal vez sea un trabajo más adecuado para los lacayos y algunos de los arrendatarios.

—Estaré encantada de que me acompañen uno o dos lacayos que puedan ayudarme —dijo ella con lo que esperaba que fuera una sonrisa convincente. —Ellos podrían volver para talar el árbol. Sin embargo, me gustaría participar en la selección. Lo disfruto.

Toller asintió con la cabeza, aunque Emily no estaba segura de si podía llamarlo un asentimiento o más bien un reconocimiento de sus palabras. Pero finalmente, cedió.

—Por favor, avíseme cuando esté preparada, milady —dijo, y Emily le sonrió.

—Espléndido —dijo ella, juntando las manos delante de ella mientras enderezaba los brazos. —Lo esperaré con gusto.

Era todo lo que realmente tenía que esperar, pues cuando

entró en el salón de baile se encontró con que la señora Graydon ya tenía todo bien controlado, dirigiendo a los sirvientes de una manera y de otra, sin que aparentemente Emily tuviera que desempeñar ningún papel.

—¡Señora Nicholls! —Jenny la llamó desde el otro lado del salón de baile, con los brazos llenos de decoración festiva y Emily le devolvió la sonrisa a su doncella temporal, encontrándose entre dos mundos, como siempre había hecho en su papel de institutriz.

El salón ya tenía un aspecto fabuloso. El verdor envolvía las columnas de mármol, con lazos y bayas sujetas a las ramas de los árboles. Cuando Emily entró en los aposentos de la familia en busca de Margaret, descubrió que los balcones estaban igualmente decorados.

A Emily no le sorprendió que, tras una búsqueda minuciosa en la casa, Margaret estuviera instalada en la sala de música, aunque debería haber sido el primer lugar en el que hubiera pensado buscar. Emily creyó que su sugerencia de buscar un tronco de Navidad sería recibida con entusiasmo, pero en cambio Margaret negó con la cabeza.

—Gracias, señora Nicholls, pero preferiría quedarme aquí —dijo amablemente, y cuando Emily abrió la boca para insistir, Margaret le sonrió y negó suavemente con la cabeza.

—Realmente creo que sería lo mejor —dijo la niña. —Hace bastante frío fuera, y de todas formas no soy una persona a la que le guste estar al aire libre. Pero, por favor, no se quede dentro por mí. Puedo decir que usted anhela estar al aire libre, así que por favor vaya. No me gusta mucho el frío —ladeó la cabeza, arrugando la nariz—, ni la nieve.

Emily se rio. —Oh, muy bien, has hablado por ti misma —dijo. —¿Pero me harás una promesa?

—¿Cuál es?

—¿Me ayudarás a encenderlo cuando volvamos?

—¡Por supuesto! —exclamó Margaret con una sonrisa,

que Emily le devolvió antes de iniciar el camino de vuelta a su habitación en busca de su capa. Con todo lo que había caminado por la mansión, estaría casi agotada para cuando encontrara el tronco de Navidad, supuso con una risa. Cuando por fin estuvo preparada, buscó a Toller una vez más, y él le dijo que un lacayo se reuniría con ella en la entrada principal en breve.

Emily aceptó y se marchó para completar otra tarea que tenía que hacer antes de encontrar el tronco.

Cuando entró en el vestíbulo de mármol, se alegró de ver que la señora Graydon no estaba por ninguna parte. Emily recorrió la habitación, cogiendo elementos decorativos de hoja perenne, acebo, muérdago, romero y trozos de cinta, y los colocó todos en una de las mesas que se habían levantado en el centro de la habitación, probablemente para organizar cosas como las que ella iba a hacer.

Comenzó a unir las distintas piezas, cerrando los ojos de vez en cuando para imaginarse cómo lo hacía su madre año tras año. Sonrió al recordar las muchas veces que ella y su hermana y su hermana habían intentado ser encontradas "accidentalmente" bajo el muérdago con el hijo de un vecino que había pasado por allí. Qué tontas habían sido.

Una vez terminada su obra maestra, Emily se alegró de encontrar a Jenny, que acababa de volver de llevar un montón de follaje. Le prometió a Emily que lo colgaría exactamente donde ella le pidiera.

Ahora sólo tenía que asegurarse de que nunca la sorprendieran cerca de esa cosa, pensó Emily riéndose un poco. Sin embargo, sería bastante divertido ver quién más podría encontrarse debajo del objeto.

Se puso la capa, la bufanda y unas orejeras mientras se dirigía a la puerta principal, levantando la capucha para cubrirse la cabeza y colocando las manos en unas guantes para mantenerlas calientes de lo que sabía que sería un aire frío. Esperaba que el lacayo conversara con ella y no guardara el silencio que se esperaba de los hombres de su posición. Por desgracia, supuso que Charles tenía ese efecto en la mayoría de su personal, pero eso no era culpa suya, ¿verdad?

Sin embargo, cuando llegó a las puertas, se detuvo en seco. Porque allí la esperaba un hombre alto, de cabello oscuro, fuerte y apuesto. Pero no era un lacayo.

—Charles —dijo ella, mirándole mientras se sujetaba las manos con los guantes. —¿Qué está haciendo?

—Esperándote —contestó él gruñendo. —Has tardado mucho en llegar.

—No estaba al tanto de que nos veríamos —dijo ella, tragando con dificultad. En realidad se había alegrado de que no se hubieran cruzado todavía ese día, tan confundida estaba por su reacción hacia él después de su baile y el beso de la noche anterior. —Me disculpo, pero tengo algo más que hacer.

—¿Buscar un tronco de Navidad? —preguntó él levantando una ceja, y sólo entonces se dio cuenta de que iba vestido de forma similar a ella, con una larga capa negra que cubría toda su ropa por debajo, y un cálido gorro de piel en la cabeza.

—Sí —dijo ella lentamente.

—Eso he oído. Pero no puedo permitir que andes sola por la propiedad en la creciente nieve.

—Iba a ir con un lacayo...

—Con un lacayo. Sí, lo sé. No creo que sea apropiado que andes sola por la propiedad con un lacayo. Por lo tanto, como pareces lo suficientemente obstinada como para seguir con esta idea, iré contigo.

—Oh, Charles, realmente no debería. Sé que no le entusiasma precisamente la idea de buscar un tronco de Navidad.

—Tampoco me *entusiasma* la idea de que vayas sola.

Ella no respondió, porque él tenía razón. Estaba decidida

a ir, estuviera o no sola. Puede que no estuviera con su familia esta Navidad, pero si tenía que permanecer lejos de ellos, al menos podría mantener vivas sus tradiciones.

Charles le tendió el brazo.

—¿Vamos?

CAPÍTULO 12

*C*harles miró a la mujer que caminaba a su lado. Sus mejillas y la punta de su nariz estaban rosadas por el frío, mientras que sus anteojos se mantenían ligeramente escarchadas por el vapor de su respiración antes de volver a su estado claro. La pesada nieve caía alrededor de su cara, espolvoreando su gorra y los hombros de su capa con una capa de copos blancos, al igual que lo hacían los árboles de hoja perenne que empezaban a agolparse a su alrededor cuanto más se adentraban en el bosque más allá de Ravenport.

—¿Tienes frío, Emily? —preguntó él mientras sus botas creaban hendiduras en la nieve cada vez más profunda.

—No —respondió ella, aunque su mentira era evidente ya que sus dientes empezaban a castañear ligeramente. Él llevaba un trozo de tela que pretendían atar alrededor del árbol seleccionado para que el jardinero volviera a buscarlo junto con un par de lacayos.

—No estoy del todo seguro de lo que había de malo en alguna de las docenas de árboles que hemos pasado hasta ahora —dijo él secamente.

—No tenían la anchura adecuada —dijo ella con crudeza. —Y además, no quería estropear ninguno de los árboles que eran visibles desde la propia mansión.

—Es muy considerado de tu parte, pero te aseguro que es innecesario. No creo que nadie note que falta algo entre los muchos árboles de esta propiedad.

La mirada que ella le dirigió por el rabillo del ojo le preocupó, pues intuyó que, o bien no apreciaba sus palabras, o bien planeaba conseguir mucho más que una rama. Sin embargo, ella no hizo ningún comentario. En su lugar, simplemente volvió a buscar entre los árboles que la rodeaban.

Charles no estaba del todo seguro de cuál era la mejor manera de acercarse a Emily después de lo que había sucedido entre ellos la noche anterior. No había podido dormir después de su beso y, cuando lo hizo, fue sólo para soñar con ella.

Era ingeniosa, franca, inteligente y más atractiva de lo que él quería admitir.

Él no se había dado cuenta al principio. Apenas se había fijado en ella, si era sincero. Cuando ella le había llamado la atención, era simplemente porque era la primera mujer que vio. Pero después de pasar los últimos dos días juntos, ella había revelado tanto más de su interior que él tenía el deseo de conocerla mejor, y por más razones que las de convencer a su familia de que pronto se casarían.

Pero ella no parecía estar dispuesta a continuar con lo que habían empezado la noche anterior. Se mantuvo alejada de él. Sus dedos sólo se habían posado ligeramente sobre el brazo de él mientras caminaban desde Ravenport, y una vez que llegaron al sendero que conducía al bosque, ella había dejado caer su mano por completo, concentrándose en cambio en escudriñar los árboles en su búsqueda.

—¿Cuándo fue la última vez que buscó un tronco de

Navidad? —preguntó ella, aunque su voz no contenía mucho interés y él supuso que simplemente estaba haciendo conversación.

—Nunca.

—¿Nunca? —se giró hacia él sorprendida. —¿Ni siquiera cuando era joven?

Él se rio. —No, Emily. Ese es un trabajo para el jardinero o para algunos de los arrendatarios. No para el conde y sus hijos.

—Lo siento —dijo ella, continuando su camino hacia delante, con las manos unidas a la espalda. —Sé que he metido la pata en este papel que estoy representando, pero no puedo decir que el engaño sea fácil.

—¿Y crees que lo es para mí? —preguntó él, ligeramente insultado por su insinuación. —Esta situación nació de la necesidad.

—O del orgullo.

—¿Perdón? —preguntó él, inseguro de haberla oído bien y esperando no haberlo hecho.

—Mis disculpas, Charles. Simplemente me parece que toda esta farsa surgió de el deseo de que su primo no sintiera que tenía algún control sobre usted o sobre Ravenport.

Charles guardó silencio, pues no tenía respuesta a eso. Porque ella tenía razón.

—Este servirá —señaló ella finalmente, mirando al árbol que tenía delante. El roble parecía no haber tenido una temporada de verano especialmente fructífera. Si no lo cortaban, era probable que muriera pronto de todos modos.

—¿Estás segura? —preguntó él, sin saber si era un buen augurio utilizar un árbol moribundo para un tronco de Navidad.

—Lo estoy —dijo ella con un gesto cortante. —Ha cumplido su propósito, y ahora puede pasar a otro.

—¿Todo el árbol? —cuestionó él, evaluando su anchura.

—Todo el árbol —confirmó ella.

—Muy bien —dijo él levantando el pañuelo en sus manos y atándolo alrededor del árbol. —Ahora volvamos y a avisemos a Toller a dónde enviar a los hombres y a los caballos, si es necesario.

Se dieron la vuelta, y Charles se sorprendió al ver lo lejos que se encontraba Ravenport. De hecho, apenas era visible a través de la nieve que caía y se arremolinaba. Habían recorrido mucho más de lo que él había previsto.

—Oh, cielos —dijo ella, aparentemente llegando a la misma conclusión cuando su cabeza apareció junto a él, a la altura de su hombro. Él era un hombre alto, y ella un poco más baja de lo que sería la altura media de una mujer, aunque compensaba su altura con sus curvas, como él había descubierto la noche anterior.

—¿Crees que lo conseguirás? —le preguntó y ella asintió con la cabeza, aunque no parecía muy segura de sí misma. La nieve caía ahora más rápida y se había levantado un ligero viento que la arremolinaba frente a ellos. Los pasos que había supuesto que les llevarían de vuelta a la mansión se habían borrado, como si nunca hubieran recorrido este camino para empezar.

Estaban caminando a través de una gran nevada e incluso Charles se estaba congelando, con los pies helados mientras la nieve le empapaba las botas y las medias.

Miró a Emily una vez más, y sus mejillas se habían enrojecido, sus dientes castañeaban tan ferozmente que era como si estuvieran tocando el ritmo de una de las melodías de Margaret.

—Parece que estás a punto de congelarte.

—Estoy bien.

—No estás bien.

—Bueno, no tengo mucha elección en el asunto, ¿verdad? —preguntó ella con fiereza, con un tono cruzado, aunque él supuso que probablemente se debía más al enfado por sus propias decisiones que a él.

—En realidad, tenemos una opción —dijo él después de un momento de considerar sus opciones. —Hay una cabaña cerca de aquí, que utiliza el guarda de caza cuando hace más calor.

—¿Tan cerca de la mansión?

—Mi padre disfrutaba de una buena cacería. Me parece que tengo muchas más cosas en las que ocuparme y, aparte de nuestra reunión familiar anual de Navidad, hace tiempo que no organizo una velada en casa.

—Bueno... —dijo ella con una última mirada hacia Ravenport. Charles notó que sus labios se volvían de un tono más cercano al púrpura que al rosa habitual. —Quizá podríamos parar un momento para calentarnos antes de volver.

—Muy bien —dijo. El momento no podía ser más perfecto, ya que vio la abertura en los árboles donde se encontraba la cabaña. Además, no quería admitir el frío que él mismo sentía. Esta tormenta invernal había llegado con rapidez. Se preguntó si alguno de los suyos podría llegar a su casa, que podría ser como la única gracia salvadora de semejante clima.

—Es por aquí —señaló él y cuando ella tropezó ligeramente, supo que tenía que llevarla allí lo antes posible. Se agachó y colocó un brazo debajo de sus rodillas, levantándola.

—¡Oh! —exclamó ella al hacerlo, acercando sus brazos al pecho de él para equilibrarse. —Charles, ¿qué estás haciendo?

—Apenas puedes caminar —dijo él, notando que necesitaba realizar más actividad física de la que hacía últimamente. —Te estoy ayudando.

—Bájame —dijo ella, con una voz llena de autoridad, pero él no era uno de los niños a los que mandaba.

—No seas tonta, mujer —dijo él en respuesta, demostrándole que un conde podía tener tanto poder como una institutriz. Ella jadeó, pero fue incapaz de luchar contra él. Él sintió su rendición cuando su cuerpo perdió parte de su rigidez y uno de sus brazos le rodeó el cuello.

Afortunadamente, fue un breve recorrido por el bosque, y respiró aliviado cuando la cabaña estuvo a la vista. Finalmente la dejó en el suelo cuando se acercaron a la puerta, aunque sonrió para sí mismo al ver que ella mantenía una mano apoyada en su brazo.

La puerta no estaba cerrada con llave, aunque encajaba con bastante fuerza en el umbral, y él tuvo que abrirla con el hombro. Las bisagras chirriaron cuando la puerta finalmente comenzó a moverse y él prácticamente entró dando tumbos con Emily detrás de él.

Era una cabaña pequeña, de una sola habitación, con una chimenea en un lado de la habitación, una cama individual en el otro, y cerca de la puerta estaba el más pequeño de los escritorios con una silla de madera frente a él, donde el guarda de caza a veces actualizaba un libro de contabilidad de los animales que se encontraban en el coto de caza.

Charles se acercó al escritorio y encontró un yesquero para encender la chimenea que les ayudaría a calentarse. Agradeció que se hubieran colocado troncos en la chimenea, probablemente desde la última vez que el guarda de caza había estado allí.

—¿Por qué no tomas la manta de la cama? —murmuró él, pero cuando se volvió, se encontró con que Emily ya estaba sentada sobre ella con las botas y las medias en el suelo, las piernas recogidas debajo de ella, y la manta envolviéndola. Sostenía sus anteojos entre los dedos por las patillas, haciéndolas girar. Debían de estar bastante empañados por el cambio de temperatura del aire.

—Veo que te encuentras como en casa —observó él mientras las llamas empezaban a consumir los troncos.

—En realidad, es la vez que más a gusto me he sentido en toda su propiedad —dijo ella con una leve risa, aunque él pudo oír la nostalgia en su voz.

Charles cruzó la habitación y se sentó junto a ella en la desgastada pero limpia cama, asegurándose de mantener una respetuosa distancia entre ambos. Miró sus manos entrelazadas en su regazo.

—Debo disculparme por haberte alejado de tu familia estas Navidades —dijo lentamente, queriendo asegurarse de que ella entendía que hablaba en serio. —Te agradezco lo que estás haciendo por mí.

Ella apartó la mirada, y él percibió que estaba algo avergonzada por sus palabras.

—Me hizo una oferta que no pude rechazar, no lo olvide.

Entonces él sonrió, soltando una leve risa mientras miraba el bajo techo, hecho de madera tosca como el resto de la cabaña. No tenía ni idea de cuánto tiempo había estado en pie el pequeño inmueble, pero probablemente era más viejo que la propia casa solariega. En realidad, se preguntó si, en algún momento, ésta había sido una parte más remota de la mansión, ya que la casa original estaba mucho más lejos, en las afueras de lo que ahora eran sus tierras.

—Debo parecerte ridículo, pagándote para que actúes como mi futura esposa, y sin ninguna razón en realidad, más que la de evitar que se me demuestre que estoy equivocado —dijo él, poniéndose de pie ahora y atravesando la habitación a grandes zancadas para extender las manos frente al fuego, intentando disimular lo cohibido que se sentía frente a ella.

—En absoluto —dijo ella, su voz se acercó cuando debió ponerse de pie y ahora caminaba hacia él. —Todos tomamos decisiones en el momento que a veces lamentamos después. ¿Quiere... quiere que me vaya? Quiero decir de su propiedad, de esta fiesta. No de esta cabaña en este momento, porque me temo que realmente necesito calentarme un poco antes de regresar.

Se volvió hacia ella ahora, descubriendo que se había acercado más de lo que había pensado. Su rostro estaba inclinado hacia él mientras esperaba su respuesta, y las llamas del fuego hacían bailar los planos de su cara. Notó que las pecas más pequeñas salpicaban su nariz. Ahora tenía una vista ilimitada de sus ojos, y alargó la mano para acariciar la parte superior de sus pómulos con los pulgares mientras sus otros dedos rodeaban su mandíbula.

—No —señaló lentamente con la cabeza mientras su dedo acariciaba la suave piel de su rostro. —Puede que sea un hombre egoísta, Emily, pero no quiero que estés en ningún sitio más que aquí.

CAPÍTULO 13

*E*mily tembló, pero esta vez no fue de frío.

Sí que temblaba, pero era por el contacto de los dedos de Charles con su cara, por su cercanía, por el hecho de estar con él frente al fuego, sola en una casa de campo cuando nadie sabía dónde estaban.

Era bastante escandaloso. Era exactamente la situación que se había dicho a sí misma que debía evitar. Y sin embargo, a pesar de su oferta de marcharse, no quería estar en ningún sitio más que aquí.

—Charles —dijo ella, tragando, necesitando poner espacio entre ellos. Apenas podía verle la cara, tan atroz era su visión sin anteojos, pero podía ver lo suficiente como para saber la seriedad con la que la miraba, la intención con la que sus ojos se centraban en su cara, la firmeza con la que le tomaba los brazos. Parecía que todo lo que hacía este hombre era con una precisión determinada. Buscó en su mente algo que decir. —¿No tienes frío en los pies?

—¿Perdón? —dijo él, levantando las cejas, ya que sus palabras no eran, al parecer, lo que esperaba oír.

Ella tomó aire, y el olor almizclado de la tinta y el cuero

de él llegó a sus fosas nasales, superando el moho de la cabaña que, obviamente, no había sido utilizada en algún tiempo.

—Yo… te pregunté si tus pies no estaban fríos también —explicó ella, sintiéndose una tonta, pero continuando de todos modos. —Mis pies estaban empapados por la nieve. ¿No lo están los tuyos?

—Ligeramente —respondió él, sus manos bajando de su cara ahora y ella echó de menos su tacto, deseando no haber dicho nada que le hiciera replantearse lo que habían hecho. —Pero no parece que me molesten demasiado en este momento.

—Los míos son como carámbanos —dijo ella, diciendo la verdad.

—Ven —dijo él tomando su mano y guiándola hacia la cama, con cuidado de no sentarse en sus anteojos. Los levantó con cuidado y los colocó en el suelo a su lado. —Dame tus pies—. Le tendió las manos.

—Oh, no podría —dijo ella, empezando a sentir un cosquilleo en la nuca y en la cara mientras su respiración se aceleraba.

—No se lo diré a nadie —prometió él, pero ella negó con la cabeza.

—No es eso —dijo ella mordiéndose el labio.

—¿Entonces por qué no?

—Porque… simplemente no parece… correcto.

—Shush —dijo él, obviamente sin querer seguir discutiendo. Mantuvo las manos extendidas hacia ella, ofreciéndole la posibilidad de extender su pierna hacia él. Los dedos de sus pies parecían pequeños y pálidos en comparación con las grandes manos de él, y a pesar del frío que tenía, el calor subió a sus mejillas cuando él le tocó los pies.

Pero entonces comenzó a frotarlos para infundirles calor

de nuevo, y ella olvidó toda su timidez cuando la sangre comenzó a correr en sus extremidades una vez más.

—¡Oh! —exclamó. —¡Eso... duele!

—Concéntrate en la sensación de mis dedos —murmuró él, y ahora pasó de frotarle los dedos a masajearle el resto del pie. Sus pulgares amasaron la almohadilla de la parte inferior, bajando por el arco, hasta el talón y la parte posterior. Cuando terminó de tratar un pie, pasó al siguiente. La sensación inicial de los dedos de los pies fue sustituida por las más bellas sensaciones que Emily podía imaginar. No recordaba que nadie le hubiera prestado una atención tan dulce de esta manera. Para un hombre que parecía más bien frío y distante, estaba mostrando más atención de la que ella podría haber imaginado.

Abrió los ojos y descubrió que su duro rostro se concentraba en sus pies en la misma medida en que lo haría si estuviera revisando un libro de contabilidad frente a él. El hecho de que él, el conde de Doverton, se preocupara lo suficiente como para no sólo detenerse aquí por ella cuando tenía una velada en casa esperándolo, sino para dedicarle tal atención... le derritió el corazón al igual que los dedos de los pies.

—Gracias —dijo ella, con la voz apenas por encima de un susurro, y él sacudió ligeramente la cabeza.

—Fue mi culpa. Debería haberme asegurado de que volviéramos antes.

—No puede cargar con la responsabilidad de todo usted solo. Fui muy terca —admitió ella. —Me esforzaba tanto por asegurarme de que lo que estaba bajo mi control fuera perfecto, y al hacerlo hice que entráramos en este aprieto.

—Estoy seguro de que hay suficiente culpa como para que podamos compartirla —dijo él, y luego dejó sus pies a un lado para ponerse de pie y recoger sus botas y medias. Las llevó hasta la parte delantera del fuego y las colocó frente a éste. Luego desató sus propias botas y las colocó junto a las de ella.

Ella se puso de pie, se envolvió con la manta y esperó a que él se volviera y la mirara.

—Gracias —dijo ella en voz baja.

—¿Por qué?

—Por acompañarme al bosque. Por ser paciente conmigo mientras yo estaba siendo irracional en la selección del árbol perfecto. Por saber que yo tenía frío. Por traerme hasta esta cabaña. Por quedarse aquí conmigo cuando sé que hay muchas otras cosas que requieren su atención. Por... preocuparlo.

Él se inclinó más cerca de ella, pasando la manta por encima de sus hombros y envolviéndola aún más.

—Haces que sea demasiado fácil preocuparse —susurró él—, pues sólo hay que seguir tu ejemplo.

Emily estaba preparada esta vez y esperaba con urgencia su beso. Sus labios tocaron los de ella por un momento, muy suavemente. Él se inclinó hacia atrás y la miró como si se preguntara si era o no la decisión correcta. Ella asintió con la cabeza, y cuando él volvió a acercar sus labios a los suyos, lo hizo con la ardiente pasión que ya conocía de él.

A pesar de la dureza de sus labios sobre los suyos, sus manos eran suaves como una pluma mientras la acariciaban, bajando por sus brazos, subiendo por su espalda y acariciando ligeramente su cuello. Se derritió en ellas y la manta cayó a sus pies cuando la soltó para rodear su cuello con los brazos. Era tan... masculino.

Emily, que ya había estado casada, comprendía la interacción entre un hombre y una mujer, la intimidad de unirse en el acto más físico.

Pero lo que no había entendido era el deseo que podía existir entre dos personas. Con James, había sido una cuestión de deber, de obligación. Lo había disfrutado bastante, pero no era... como esto.

Charles podía parecer frío y distante, pero el hombre que la sostenía en ese momento... Era todo menos frío.

Sus dedos, que parecían estar en todas partes a la vez, subieron por su vientre, y ella aspiró una bocanada de aire ante las sensaciones que le producía su viaje por el corpiño hasta los lazos de su capa. Deshizo lentamente el lazo que ella había confeccionado, hasta que los zarcillos de la cinta que descendían sobre su pecho parecían hacerle cosquillas con su tacto.

La capa siguió a la manta hasta el suelo, y ella deshizo hábilmente la suya con un rápido tirón. Un leve gruñido surgió de la garganta de él y le tomó la nuca, inclinándola hacia un lado, lo que le permitió un mejor acceso a su boca. Su lengua le acarició los labios hasta que casi le exigió la entrada, y pronto la danza entre ellos fue de degustación, exploración, entrega y toma, todo a la vez.

—Emily —murmuró él, y ella respondió apretando la longitud de su cuerpo contra él, deleitándose con todos sus rígidos contornos, que contrastaban tan dramáticamente con su propia suavidad y que, al mismo tiempo, encajaban perfectamente contra ella.

—¿Qué me estás haciendo? —le preguntó cuando inclinó la cabeza hacia atrás alejándose de ella por un momento.
—Se supone que esto no debería ocurrir.

—No —dijo ella con fiereza, dándole la razón de todo corazón. —Pero está sucediendo.

—Es una idea terrible.

—Tiene razón.

Pero su asentimiento fue todo el estímulo que él necesitaba para reanudar la conversación donde la habían dejado.

Sólo que esta vez, en lugar de concentrarse sólo en su beso, sus manos vagaron más hacia el sur, hasta jugar con el delicado encaje que bordeaba el corpiño del vestido que había comprado para ella. Sus pulgares bajaron, rozando sus pezones, y Emily se arqueó ante su contacto, prácticamente pidiendo más. Se sintió deseosa, pero era... delicioso.

—Necesito verte —murmuró él en su boca. —Sentirte.

—Entonces me verás —dijo ella en voz baja, tímidamente, tomando su mano entre las suyas y tirando de él hacia el pie de la cama. Cuando había estado casada, rara vez su esposo la había visto sin ropa. Las veces que habían estado juntos habían sido normalmente bajo las sábanas, una unión rápida y eficaz en la oscuridad.

No así.

Emily se dio la vuelta para que Charles accediera a los botones de la espalda de su vestido. Estaba acostumbrada a los vestidos que le permitían desvestirse sola. Todavía no estaba acostumbrada a requerir que una criada la desvistiera.

Charles hizo un trabajo bastante rápido con los botones, aunque no parecía ser un maestro de la seducción. El corazón de Emily comenzó a latir más rápido mientras el miedo empezaba a arraigar y crecer. ¿Qué pensaría Charles cuando la viera desnuda? Se preguntó si esto sería lo más lejos que llegarían los dos, mientras empezaba a girarse lentamente hacia él, vestida ahora sólo con su camisola. A James nunca le había entusiasmado verla sin ropa. ¿Charles la consideraría demasiado ancha? ¿Demasiado voluptuosa? ¿Demasiado pálida? Demasiado...

—Eres perfecta —dijo él con la voz un tanto entrecortada mientras sus ojos se oscurecían de deseo. Todos los miedos y dudas de Emily empezaron a desaparecer. El espacio que dejaron se llenó con su propio deseo por Charles. Todavía quedaban muchas cosas por resolver entre ellos, y ninguna promesa de que hubiera algo más, pero por ahora, Emily tendría que conformarse con tener este breve momento con él. Sólo por hoy podía imaginar que estaban empezando una vida juntos. Que sus esponsales no eran artificiales, sino tan reales como ella podía imaginar.

Por hoy, en esta Nochebuena, él era suyo.

Él no se había vestido formalmente bajo su capa, y ella ansiaba sentir su piel desnuda sobre la suya. Le quitó la chaqueta de los hombros y le desabrochó los botones hasta que pudo levantar el faldón de la camisa de sus pantalones, permitiéndole quitársela por la cabeza.

Y entonces sus dedos quedaron libres para explorarle como él lo había hecho con ella. Recorrió su pecho con las yemas de los dedos, explorando los contornos de sus músculos bajo su piel, mucho más oscura que la de ella. Rozó con un ligero toque el vello áspero que espolvoreaba su pecho, apreciando todas las diferencias entre ellos.

Entonces ya no tuvo tiempo de pensar cuando él la levantó contra él, acunándola en sus brazos como lo había hecho cuando la llevó a través de la habitación. La dejó suavemente en la cama, pero entonces su tiempo de ternura pareció desvanecerse, sustituido por la pasión que se había encendido en él, tan tormentosa como la nieve que caía fuera de la cabaña.

Emily esperó su beso, pero en lugar de posarse en sus labios, él comenzó a besar el costado de su cuello, pasando por sus clavículas hasta llegar a sus pezones, que ansiaban su contacto. Acarició uno con la boca, el otro con los dedos, hasta que ella casi se levantó de la cama cuando su cuerpo empezó a pedir más.

Entonces se separó de ella lo suficiente como para desatarle los cordones y reunir la ropa que le quedaba atada a la cintura y deslizarla por sus piernas. Se detuvo un momento y Emily abrió un ojo, mirándolo. Pero pronto bajó por su cuerpo, siguiendo la ropa, hasta que estuvo tentando el núcleo de su centro. Ella jadeó sorprendida -James nunca habría considerado algo así-, pero luego todo pensamiento se esfumó de su mente cuando las sensaciones de su clímax comenzaron a recorrerla.

Al parecer, Charles también lo sintió, porque se deslizó dentro de ella, llenándola y completándola en un solo suspiro. Ella levantó las caderas para invitarle a entrar más, y el gemido de él le dijo que se sentía tan satisfecho como ella por la forma en que encajaban.

Pronto encontraron su ritmo, y no pasó mucho tiempo antes de que él empezara a gemir su nombre, mordiéndole ligeramente el hombro mientras frenaba y se introducía en ella con decisión.

—¡Emily! —gritó una vez más mientras se retiraba de su cuerpo y derramaba su semilla sobre las sábanas a su lado.

Mientras yacía allí tan saciada como era posible, una única lágrima cayó de los ojos de Emily. Porque las acciones de él eran innecesarias. Y la razón era la misma por la que nunca podrían permanecer juntos de verdad.

CAPÍTULO 14

Él nunca se había sentido tan completo.

Charles estaba tumbado de lado, con la cabeza apoyada en el codo, mientras miraba a Emily Nicholls, que estaba tumbada de espaldas junto a él en la cama que estaba hecha para una sola persona, pero que en ese momento tenía el tamaño perfecto.

Su cabello rubio arenoso se extendía detrás de ella sobre la sábana. No recordaba si le había quitado las horquillas del cabello, o si se le habían caído por sí solas, pero ahora apreciaba la vista de la longitud del cabello que la rodeaba. Se dio cuenta de que el cabello se rizaba ligeramente, tomó algunos mechones y los enroscó en su dedo.

Sus mejillas estaban rosadas, sus labios de un rojo magullado por su forma de hacer el amor, y ahora él trazó la más leve de las hendiduras en su hombro, que sus dientes habían encontrado al final.

Ella había sido muy entusiasta, y sin embargo... sólo entonces vio la lágrima que salía de su ojo, abriéndose camino sobre su sien para derramarse sobre la delgada almohada que había debajo.

—Lo siento mucho —dijo él con urgencia, la culpa lo asaltó. —Eso nunca debería haber ocurrido. Me aproveché...

—No, no —dijo ella, sacudiendo la cabeza con énfasis, levantando un dedo. —No digas eso. No pienses eso. Eso fue perfecto. Y yo participé de la mejor manera posible.

—Me alegra oírlo —dijo él, aunque seguía bastante preocupado. —¿Pero qué te entristece, entonces?

Ella resopló ligeramente.

—No es nada por lo qué preocuparse —respondió ella, con una sonrisa claramente forzada cubriendo su rostro ahora. —Ha sido maravilloso, Charles, de verdad.

—¿No quieres compartirlo conmigo? —preguntó él, sin darle importancia a sus palabras. —Por favor, Emily.

Ella guardó silencio por un momento, y él se levantó de la cama el tiempo suficiente para encontrar la manta de la que se había desprendido no hacía mucho, y la cubrió con ella para evitar que se enfriara una vez más.

—Soy una viuda de treinta y tres años —dijo, sin mirarlo a los ojos. —Trabajo para mantener a mis padres que envejecen. Me paso los días cuidando niños pero no tengo ninguno propio, a pesar de lo mucho que me gustaría. Y nunca los tendré.

El sentimiento de culpa de Charles se hizo más profundo, aunque el razonamiento que lo motivaba cambió.

—Treinta y tres años no es demasiada edad para tener hijos —consiguió decir en un esfuerzo por consolarla, pero ella negó con la cabeza, sus largos mechones moviéndose con ella por la almohada.

—Lo es si una estuvo casada durante seis años y nunca quedó embarazada —dijo con un suspiro. —No, por la razón que sea, Charles, Dios no consideró oportuno darme un hijo. Y eso estaría bien, creo, si hubiera conocido el amor de otra forma. Si me hubiera casado con un hombre que me amara por lo que era y no sólo porque necesitaba una esposa y nos conocíamos bien.

Charles sintió una punzada en lo más profundo de su pecho al recordar todo lo que él le había dicho: su necesidad de una esposa que le diera un heredero, el hecho de que no se casaría por ninguna otra razón. Cómo debió de haberla insultado.

—Lo siento, Emily, por...

—No tienes nada de que arrepentirte —dijo ella con firmeza. —Fui yo quien aceptó venir aquí, sabiendo lo que hacía. Fui yo quien se quedó aquí tontamente, permitiéndome la cercanía con otro niño, con otro hombre. Fui yo quien provocó que estuviéramos solos aquí juntos, quien ansió hacer el amor contigo, a pesar de saber cómo acabará esto.

—¿Y cómo crees que terminará? —preguntó él, necesitando saber exactamente cómo se sentía ella, a pesar de lo que su mente le decía: que ni siquiera debía preguntar, pues no podía conducir a nada más que al dolor para los dos.

Ella se sentó ahora, tirando de la manta alrededor de ella con fuerza para que él no pudiera ver más de ella, a pesar de lo mucho que anhelaba.

—Terminará con nosotros dos vistiéndonos, saliendo de aquí cuando podamos atravesar la nieve, y regresando a tu enorme y extravagante mansión, a la que no pertenezco salvo en calidad de sirvienta o institutriz. Tu familia llegará. Durante la próxima semana, pondré una sonrisa en mi cara y fingiré que soy tu encantadora prometida. Te ayudaré a pasar tiempo con Margaret, y ambos se volverán cercanos. Luego regresaré a la propiedad de Lord y Lady Coningsby, y le dirás a tu familia que lo nuestro no funcionó, pero que has encontrado una prometida mucho más adecuada, porque lo harás. Así es como terminará.

Ella dijo las palabras con tanta naturalidad, tan monótona, que él se encontró añorando su típico entusiasmo alegre. Si él hubiera sabido que hacer el amor con ella resultaría en esto, nunca lo habría hecho, ¿o sí?

Porque estar con ella había sido la experiencia más gratificante y estimulante de toda su vida. Aunque su aspecto fuera exactamente el del papel de institutriz, desprendía una pasión que se mantenía en lo más profundo de su ser.

Cuando la había besado por primera vez, pensó que sería algo fugaz. Cuando ella le había dicho que quería hacer el amor con él, había pensado que tal vez si pasaban ese tiempo juntos, encontraría saciado su deseo por ella, podría seguir adelante y descubrir qué más le esperaba.

Pero ahora que había estado con ella, sólo quería más. Ella era para él como el whisky para un borracho.

—Yo... no quiero que termine así —dijo él, sorprendiendo a ambos con sus palabras.

—Entonces, ¿cómo crees que terminará? —preguntó ella con voz temblorosa.

—No lo sé —dijo él levantando las manos a un lado. —Pero eso no puede ser todo.

—Desde luego no voy a ser tu amante —dijo ella algo indignada. —Y tú has dejado claro que no puedo ser tu esposa.

—Tal vez podrías quedar embarazada... —dijo él, casi sin creer lo que estaba diciendo. ¿Podría... podría realmente casarse con ella?

—Pero lo más probable es que no lo haga —dijo ella con fiereza. —¿Podrías vivir con eso?

Él escuchó el viento que aullaba fuera de la ventana, pensó en las tierras que los rodeaban, en la mansión de la que ella se burlaba ligeramente pero que él amaba en secreto, que se encontraba justo en la colina más allá de ellos. Todo se convertiría en propiedad de su primo, y luego del hijo de su primo.

Apenas podía soportar la idea. Siempre había imaginado que heredaría todo lo que tenía a un hijo que continuaría el legado que había creado, que cuidaría de sus arrendatarios y mantendría la pacífica y próspera propiedad tal y como la había dejado. Había trabajado mucho para convertirla en lo que era hoy.

¿Merecía la pena renunciar a todo eso por una mujer a la que había conocido durante unos pocos días? ¿Una mujer que, prácticamente, no debería atraerle y que no le convenía?

La miró ahora, encontrándose con sus ojos, que habían adquirido un aspecto inescrutable.

—No tienes que responder a eso —dijo ella en respuesta a su silencio, con la voz pesada y ronca.

—Es que...

—Está bien.

—No lo está.

Era que él no tenía ni idea de cómo responderle.

—Es probable que tus invitados lleguen pronto —dijo ella con desaliento. —¿No se preguntarán dónde estamos? Oh, vaya, y Margaret. ¿Qué estará pensando?

—Volveremos pronto. Con suerte alguien vendrá a buscarnos —le aseguró él. —No estamos lejos. Aunque será mejor que nos vistamos.

Se vistieron casi en silencio, mientras las imágenes de la ropa desprendiéndose parpadeaban en la mente de Charles.

—Te agradezco todo lo que has hecho por mí —logró decir, y ella asintió, con una sonrisa tensa en el rostro.

—Lo sé, Charles.

Él observó cómo ella se agachaba y empezaba a buscar en el suelo.

—¿Hay algo en lo que pueda ayudar? —preguntó él mientras escuchaba su murmullo, que tuvo que admitir que era bastante entrañable.

—Mis anteojos —contestó ella. —No puedo encontrarlos.

—¿Puedes ver mucho sin ellos? —preguntó él.

—Casi nada —dijo con un suspiro. —Es bastante cansado.

—Me lo imagino —dijo él mientras los encontraba rápidamente en el rincón. Los levantó y les quitó el polvo, ya que habían acumulado mucho por estar en el rincón.

—Aquí —dijo él colocándolos suavemente sobre su nariz, permitiendo que sus ojos se centraran en él una vez que lo hizo. —Todo en su lugar.

—Gracias —dijo ella suavemente, y por un momento, cuando sus ojos se encontraron, todo parecía ser como debía ser, los dos juntos. Ella parecía comprenderlo. De encajar con él. Llenar las piezas que faltaban.

Tal vez-

Se oyeron fuertes golpes en la puerta.

—¿Milord? ¿Está usted ahí?

—Justo a tiempo —murmuró Charles mientras concedía una última sonrisa a Emily y cruzaba hacia la puerta, una ráfaga de viento le golpeó en la cara al abrirla. El jardinero y dos de los arrendatarios de Charles estaban de pie fuera, bajo la nieve que soplaba, y Charles les hizo rápidamente un gesto para que entraran.

—Estábamos esperando su regreso —dijo el jardinero —y nos preocupamos cuando no volvieron. Fue difícil seguir sus huellas, pero vi la bufanda en el árbol y entonces pensé en revisar aquí. Hemos traído el trineo para que la señora Nicholls pudiera viajar en él de vuelta.

—Oh, estoy bien —dijo Emily desde la silla, donde se estaba atando las botas, pero Charles levantó una mano.

—Viajarás en el trineo —dijo con firmeza antes de volverse hacia los hombres. —¿Y qué hay del árbol?

—Oh, Charles —dijo Emily desde detrás de él. —No creo que...

—Es Nochebuena —la interrumpió él. —Si la señora

quiere un tronco de Navidad, pues un tronco de Navidad tendrá.

—Muy bien —dijo el jardinero. —No deberíamos tardar mucho con nosotros tres.

—Los cuatro —replicó Charles —porque yo les ayudaré.

—No, no, milord —protestó el jardinero, pero Charles se mantuvo firme. Él era el amo aquí, y si decidía ayudarles a tumbar el tronco de Navidad, entonces eso era lo que iba a pasar.

Además, tenía una sensación perversa e infundada de necesitar hacerlo él mismo, con sus propias manos, como regalo para Emily. Lo cual era una idea extraña, ya que les pagaba muy bien a esos hombres para que le hicieran ese servicio, pero no podía deshacerse de esa sensación.

Y así fue, bajo el viento cortante y el doloroso frío, los dos caballos, los cuatro hombres y Emily regresaron a la mansión una hora después jalando el tronco de Navidad a cuestas. Charles estaba cansado y tenía frío, pero entonces vio la mirada de Emily mientras se acercaban a la mansión. Ella sonreía, y cuando él siguió su mirada, vio que el objeto de su afecto estaba de pie en la puerta esperándolos. Margaret. Estaba dando saltos de alegría, con su brillante cabello color chocolate oscuro rebotando sobre sus hombros mientras los veía llegar. El sol empezaba a ponerse, y ella parecía un ángel con un halo de luz del candelabro de la pared detrás de su cabeza.

El frío y su agotamiento ya no importaban. Lo que sí importaba era la hermosa niña -su niña- y la mujer en el trineo a su lado.

Se dio cuenta de que esto era lo que se sentía en una familia.

Y por primera vez en su vida, Charles vislumbró lo que era realmente la Navidad.

CAPÍTULO 15

—Milord, Lord y Lady Bishop y Lord y Lady Fredericton han llegado —anunció Toller, dando un paso atrás para permitir la entrada de las dos parejas. Aquella noche era bastante tarde, y Charles ni siquiera estaba seguro de que sus primos fueran a desafiar el frío para llegar. Sin embargo, todo había salido bien, ya que ellos habían tardado mucho en volver de su... excursión. Las mejillas de Emily se enrojecieron sólo de pensarlo.

Sin embargo, ahora no era el momento de permitir que su mente vagara por allí, ya que tenía que ocuparse de la familia de Charles. Los señores eran unos años mayores que sus esposas, que parecían hermanas. Emily retrocedió aún más hacia la pared cuando las parejas entraron. Deseó poder desaparecer por completo y confundirse con el papel pintado que había detrás de ella. Pero, por desgracia, su vestido azul marino no era del mismo color que el papel pintado azul cielo. Tal vez no la notaran. Si se ponía a un lado, tal vez el gigantesco jarrón de color crema la ocultaría lo suficiente como para que nadie...

—¡Charles, Edward nos dijo que te vas *a casar* de nuevo! ¡Oh, esta debe ser ella!

Al parecer, Edward les había dicho en quien fijarse.

Charles siguió a sus primos hacia Emily mientras ella intentaba sonreír para apaciguarlos.

—Lady Bishop y Lady Fredericton —dijo Charles, su propia sonrisa parecía bastante forzada. —¿Puedo presentarles a la señora Nicholls?

—Oh, no hay necesidad de ser tan formal, Charles —dijo Lady Bishop, mientras las dos miraban a Emily como si fuera un espécimen que contemplar. Ambas mujeres tenían el mismo cabello oscuro que Charles y el hermano de ellas, Edward. Eran delgadas y llevaban hermosos vestidos. Emily envidiaba su belleza convencional y deseaba saber exactamente qué decirles. Estaba versada en la conversación cortés, pero tenía la sensación de que esto iría mucho más allá.

—Somos Anita y Katrina, querida.

—Un placer conocerlas —dijo Emily, deseando estar lejos de aquí; de hecho, deseando estar a varios kilómetros de distancia, sentada en la mesa de la cocina de sus padres, en lugar de que le hablaran como si fuera una niña. Debía tener casi la misma edad que estas mujeres.

—Edward nos ha hablado de usted, señora Nicholls —dijo Lady Fredricton; al menos, Emily pensó que era Lady Fredericton. Las hermanas eran tan parecidas en apariencia, aunque una tenía lo que Emily supuso que era un lunar pintado junto al labio. —Estuvimos a punto de no venir hoy, con el clima que hay, pero me alegro mucho de que hayamos decidido tomar el trineo y hayamos podido llegar a tiempo para la Navidad. Estamos deseando saber más de usted. Díganos, ¿de dónde es usted?

—De Newport.

—Tan cerca. Me pregunto si tenemos algún conocido en común —dijo Lady Bishop, llevándose un dedo a los labios mientras inclinaba la cabeza para contemplar a Emily. —Aunque estamos bastante en Londres, nuestro hogar está cerca de Cambridge, así que conocemos a muchas de las familias nobles de la zona. Estoy segura de que debe haber algunos de nuestros amigos a los que usted habría conocido.

—Lo dudo —dijo Emily tan agradablemente como pudo, pero continuaron como si no la hubieran escuchado.

—¿Lady Smythe?

—¿Lady Anderson?

—¿Lady Endicott? —preguntaron una tras otra mientras Emily seguía negando con la cabeza.

—En un momento dado, un abogado de Newport representó a la familia -el señor Nowell, se llamaba-, pero espero que no se relacione con ellos, ya que he oído que lo han perdido todo —dijo lady Fredericton, bajando la voz para susurrar de manera conspiradora.

Emily palideció ante sus palabras, pues el hombre del que hablaba era su padre. No deseaba precisamente discutir algo así con ellas ni permitir que se supiera, pero tampoco permitiría que el nombre de su familia quedara en boca de los chismes.

—En realidad —comenzó, pero justo entonces Toller los interrumpió una vez más.

—El señor y la señora Blythe —anunció a la sala, y Emily oyó que Charles murmuraba algo indistinguible en voz baja al saber que su primo Edward había llegado. —Ah, y el señor Thaddeus Blythe —añadió Toller mientras salía por la puerta.

Así que ésta era la familia que se haría cargo de Ravenport algún día, a menos que Charles tuviera un heredero, reflexionó Emily mientras los observaba. Había visto más de lo que hubiera deseado a Edward Blythe en el baile de los Coningsby, por supuesto, pero no había visto al hijo.

—¡Edward, Leticia, qué maravilla verlos! —dijo Lady

Bishop, cruzando la sala para saludar a su hermano y a su esposa, y Lady Fredericton la siguió rápidamente.

—Lo siento, Emily, de verdad que sí —dijo Charles en voz baja cuando se hubieron alejado, pero Emily agitó una mano en el aire, indicándole que no tenía importancia.

—Por eso estoy aquí —dijo, sus palabras sonaban mucho más seguras de lo que ella sentía.

—¡Señora Nicholls! —dijo Edward, viniendo directamente hacia ellos. Caminaba con un aire de confianza. Se parecía mucho a Charles, aunque su cabello tenía muchas más mechas plateadas, y mientras Charles se mantenía erguido y correcto, con su rostro típicamente una máscara de estoicismo, el de Edward estaba envuelto en lo que a Emily le parecía una sonrisa poco sincera que en ese momento era bastante presumida. —Qué *maravilla* verla de nuevo —dijo. —Leticia y yo nos preguntábamos si estaría aquí esta Navidad.

—¿Y por qué no lo estaría? —preguntó Charles, con una mirada dura al enfrentar a su primo.

—Ninguna razón, Charles, ninguna en absoluto —dijo él con la sonrisa de satisfacción que permanecía en su rostro.

—Vaya, es un vestido precioso señora Nicholls —dijo la señora Blythe. Era alta y rubia, sus ojos de un azul helado, su figura tan delgada como la de Emily era más bien redonda. —Por lo que me dijo Edward...

—Gracias, señora Blythe —cortó Emily, sin querer crear una perturbación pero en igual medida sin tener deseos de ser menospreciada por la mujer ni de discutir su antiguo vestuario. —Charles ha sido muy generoso.

—Ah, y usted tiene que conocer a nuestro hijo —continuó la señora Blythe como si Emily nunca hubiera hablado. —¡Thaddeus!

El joven se acercó, con los ojos aburridos, sus pasos sin prisa ya que claramente no tenía ningún deseo de estar en

una fiesta de Navidad en la que sólo estaba la familia.
—Thaddeus, esta es la señora Nicholls. Va a casarse con Lord Doverton.

—Un placer —dijo él con pereza, y Emily pudo sentir prácticamente la desaprobación de Charles. El joven era ciertamente guapo, y Emily podía ver por qué quizás tenía fama de pícaro. —Voy a dar un paseo rápido —dijo mirando a sus padres. —¿De acuerdo?

—Muy bien, Thaddeus —dijo su madre con los labios fruncidos en señal de disgusto, pero obviamente no quería montar una escena con todos ellos mirando. —¡Oh, Thaddeus! —llamó tras él y luego se inclinó para susurrarle al oído, aunque el oído de Emily, perfeccionado tras años de cuidar a sus pupilos, captó algo relacionado con las criadas.

Llamó la atención de Charles y enarcó ligeramente una ceja, aunque deseó que él borrara su ceño. Parecía como si prefiriera estar en cualquier otro lugar que no fuera esta habitación, lo que probablemente era cierto, pero Emily anhelaba tener algún indicio del hombre con el que había estado esa misma tarde.

—Charles —dijo, sintiendo que ambos necesitaban una distracción. —¿Quizás sea el momento de encender el tronco de Navidad? Estoy segura de que a Margaret le gustaría unirse a nosotros.

—Ah, sí —dijo él con cierto alivio. —Haré que un lacayo traiga a Toller.

—Yo lo buscaré —dijo ella, que no deseaba quedarse sola con los miembros de su familia. Se alejó rápidamente antes de que él pudiera detenerla, buscando al mayordomo que, afortunadamente, estaba justo fuera del salón.

Le explicó que iban a encender el tronco de Navidad y que si podía traer la yesca para Lord Doverton. Iba a pedirle que buscara a Lady Margaret para que se uniera a ellos, pero luego decidió que lo haría ella misma, ya que no sería difícil encontrar a la niña.

Tenía razón: Margaret estaba sola en la sala de música, pero una sonrisa apareció en su rostro cuando Emily le pidió que se uniera a ellos.

A Emily le entristeció pensar que era Nochebuena y que la niña esperaba pasarla sola.

—Oh, Margaret, será muy divertido —dijo entusiasmada. —Tu padre va a encender el tronco de Navidad.

—¿El tronco de Navidad? —repitió ella, con el rostro solemne. —Nunca he participado en este acto. Los sirvientes siempre lo han hecho.

—Bueno, te espera una sorpresa —dijo Emily. —Y tu familia está deseando verte".

—Oh —dijo Margaret, con la cara triste. —No me agradan mucho.

—¿No? —preguntó Emily, manteniendo la voz firme y el rostro impasible. —¿Por qué no?

—Me ignoran, igual que mi padre —dijo ella con un suspiro. —Hablan en voz alta por toda la casa durante toda la noche. Y el más joven, asusta a las criadas.

—Ya veo —dijo Emily asintiendo, con el corazón roto por la niña. Podía ver por qué Charles estaba preocupado por Thaddeus. Emily sabía mucho más de lo que podría desear sobre los jóvenes nobles que se aprovechaban de las criadas.

—Bueno, me emociona ser quien te diga que tu padre te ha reservado el lugar de honor —dijo. —Estarás a su lado mientras lo enciende.

Emily vio un parpadeo de interés en los ojos de Margaret, pero rápidamente apartó la mirada mientras se unía a Emily para el largo camino de vuelta al salón.

La niña deslizó su pequeña mano en la de Emily.

—¿Se sentará a mi lado? —preguntó ella.

—Por supuesto —respondió Emily, dándole su mano para que la apretara.

—Usted me agrada —dijo Margaret, su voz apenas un suspiro.

—Bueno, tú también me agradas —respondió Emily, con el corazón roto de nuevo por el hecho de tener que dejar a la niña, pero sin ver ninguna forma de evitarlo.

—Me hablas como si fuera una adulta, y —Margaret miró a su alrededor, como para asegurarse de que nadie pudiera oírlas —desde que has venido, papá ha sido bastante agradable conmigo. Creo que realmente le estoy empezando a gustar.

—Oh, Margaret —dijo Emily, deteniéndose y agachándose a su lado ahora —a tu padre siempre le has gustado. De hecho, siempre te ha querido mucho.

—Eso no es lo que dijo mamá.

Emily se mordió el labio mientras intentaba encontrar las palabras adecuadas, para asegurar a la niña el amor de su padre sin destruir la memoria de su madre.

—A veces —comenzó —la gente no se entiende del todo entre sí. Cuando eso ocurre, asumen que algo es cierto, cuando en realidad no lo es. Puede que tu madre y tu padre no hayan vivido juntos como suele hacerlo un matrimonio, pero tu padre siempre te quiso. Simplemente no estaba seguro de cuál era la mejor manera de verte cuando aún estabas con tu madre. Después de la muerte de tu madre, pensó que preferías que no estuviera cerca de ti. La única diferencia que he hecho, quizás, es ayudarle a encontrar las palabras adecuadas para decirte lo que él piensa y siente.

Margaret asintió, sus ojos, ligeramente llorosos ahora, eran sabios más allá de su edad.

—Supongo que eso tiene algún sentido.

—Bien —dijo Emily con alivio mientras rodeaba a Margaret con sus brazos, acercándola, preguntándose cuándo había sido la última vez que la habían abrazado.

—Ahora, ¿qué te parece si vamos a ver ese tronco de Navidad? Es una de mis tradiciones navideñas favoritas.

Los ojos de Margaret se abrieron de par en par cuando entraron en el salón.

—¡Nunca había visto un tronco de Navidad tan grande! —le susurró a Emily, que le sonrió.

—Eso es porque no he estado aquí para seleccionarlo —respondió con un guiño. —Soy bastante experta en elegir uno, ya sabes.

Ella captó los ojos de Charles, que brillaron ante sus palabras. Al recordar todo lo que había ocurrido después de su búsqueda, las mejillas de Emily empezaron a calentarse y pronto el fuego se extendió por todo su cuerpo hasta la punta de los dedos de los pies.

Ella se aclaró la garganta.

—¿Está todo preparado?

—¿Toller? —dijo Charles a modo de respuesta, y el mayordomo apareció con una bandeja para Charles. Levantó una jarra de lo que parecía ser aceite y vino caliente, y comenzaron a rociarlo sobre el tronco mientras la familia se reunía alrededor del hogar.

—Ahora —dijo Charles, sosteniendo astillas de madera. —He oído que en algunos hogares, es responsabilidad de una jovencita encender el tronco de Navidad con yescas del tronco del año pasado.

Miró alrededor de la habitación como si buscara algo... o alguien.

—Ahora, ¿dónde podría encontrar a una jovencita?

Margaret miró a Emily como preguntando si era esto en lo que debía participar. Emily asintió en señal de ánimo antes de tomar su mano una vez más y caminar con ella hacia el frente de la habitación donde Charles esperaba.

—¡Ah! —dijo él con fingida sorpresa. —Dos hermosas mujeres. ¿Podría una de ellas ayudarme a encender esto?

—Creo que Margaret puede ser la mejor para este trabajo —dijo Emily, apretando los hombros de Margaret por un momento antes de soltarla para que se acercara a Charles.

Margaret asintió, extendiendo una mano delgada para tomar la yesca. Mientras la sostenía, Charles prendió fuego a la punta de la madera, encontrándose con la mirada de Margaret mientras lo hacía. Por un momento, los dos compartieron la más pequeña de las sonrisas, y el corazón de Emily se sintió como si hubiera crecido tres veces y estuviera a punto de estallar por la mitad. Sin embargo, se las arregló para no emitir ninguna exclamación.

Margaret acercó las pequeñas yescas al tronco, que, ahora cubierto de aceite y vino, prendió rápidamente. Dio un paso atrás cuando las llamas comenzaron a bailar frente a ellos.

—Ahora le damos al tronco todas nuestras malas noticias del año pasado para poder empezar de nuevo el año que viene —dijo Emily, y ella y Margaret cerraron los ojos para hacerlo. Cuando los abrió, se encontró con que había seis pares de ojos que la miraban con bastante extrañeza.

—¿Esa no es... una tradición que ustedes sigan? —preguntó débilmente, y todos negaron con la cabeza.

—En realidad —dijo Leticia—, esa es una tradición que sigue más la gente del campo, creo.

—Quizá lo sea —respondió Emily, intentando no hacer ruido. —Pero me gusta la tradición. Parece apropiada para la Navidad.

Los demás no parecían apaciguados con su explicación ni inclinados a unirse a ella, así que Emily se adelantó con Margaret de la mano, y en silencio expresó lo que deseaba decir. Que iba a desechar sus ideas fantasiosas sobre cualquier atracción o pensamientos de un futuro con Charles. Esta noche era el recordatorio perfecto para otra razón de por qué nunca estarían realmente juntos. Su familia ya la despreciaba. Y si supieran la verdad. En lugar de eso, ella se centraría en la hija de Charles. Una idea entró en su mente. Su hermana estaba buscando un nuevo puesto como institutriz. Tal vez este podría ser un buen arreglo.

Emily respiró profundamente. Ella necesitaba seguir adelante. Una mujer que cuidaría de sus padres con dinero extra. Que volvería a su puesto con Lord y Lady Coningsby y sería la mejor institutriz que se pudiera. Y todo estaría bien.

Entonces, ¿por qué la idea era tan melancólica?

CAPÍTULO 16

*L*a cena fue bastante tediosa, y Charles agradeció que Emily hubiera estado aprendiendo el arte de los modales en la mesa el tiempo suficiente como para que los suyos fueran pasables, ya que parecía que la habían examinado a fondo durante toda la cena de cinco tiempos.

Ella había insistido en que Margaret comiera con ellos -al fin y al cabo, era Nochebuena, les dijo- así que mantuvo su atención en la niña, aunque a Charles le sorprendió que intentara realmente entablar una conversación cortés con su familia.

En cuanto terminó la cena, tanto Emily como Margaret se fueron a la cama, alegando agotamiento, y él sólo deseó poder seguirlas.

—Debo decir, Charles —dijo Edward, acercándose a él con una copa en la mano después de la cena —, me sorprende tu señora Nicholls.

—¿Y por qué sería eso? —preguntó él, negándose a permitir que su primo lo pusiera nervioso.

—No estaba seguro de que fuera todo lo que parecía. De

hecho, por muy divertida que sea la idea, más bien pensé que la habías escogido al azar entre la multitud.

Charles intentó reírse. —Eso sería ridículo.

—Tal vez —dijo Edward, mirándolo de cerca. —¿Y cuándo se celebrarán tus nupcias?

—Todavía lo estamos determinando —dijo Charles. —Quizá este verano.

—¡Este verano! —exclamó Edward. —Para eso falta bastante tiempo. Vamos, con una mujer de su edad, deberías hacer las cosas mucho más rápido, ¿no?

—No seas grosero, Edward —dijo Charles, lanzando una mirada de advertencia hacia su primo.

—Solo lo digo, viejo —dijo Edward con una risa. —Pero entonces, tal vez no necesites un heredero, sabiendo que tu patrimonio estará en buenas manos con nosotros. Bueno, ha sido un largo y frío día de viaje para nosotros, así que será mejor que encuentre a mi esposa. Buenas noches, Charles.

—Buenas noches, Edward —murmuró, y luego se fue a buscar su propia cama, agradecido de que al menos un día con su familia había terminado.

* * *

CHARLES SE DESPERTÓ BASTANTE temprano a la mañana siguiente, cuando la luz se filtró en la habitación desde detrás de las cortinas cerradas. Se levantó, se envolvió en su bata y cruzó hacia las ventanas, abriéndolas para encontrar una nueva capa de blanco inmaculado sobre el manto de nieve que cubría los amplios terrenos. Parecía que la tormenta de ayer se mantenía.

Miró hacia las colinas, y observó que el humo de las chimeneas de sus arrendatarios llenaba el aire más abajo. Un gran peso tanto de poder como de responsabilidad descendió sobre sus hombros al contemplar las casas de campo que salpicaban el paisaje ante él. Esto era suyo, mientras siguiera vivo. Después de eso… le pertenecería a Edward o a Thaddeus si no hacía algo al respecto.

Y, sin embargo, no pudo evitar la sensación de emoción que le invadía al saber que Emily dormía al final del pasillo, que la vería dentro de unas horas. Que iba a pasar con ella Navidad, su época favorita del año. Era un honor, de una manera extraña, y uno que no estaba seguro de merecer.

Llamó a su ayuda de cámara y toleró las impecables atenciones del hombre mientras lo vestía para la mañana. Con su atuendo en orden y su pañuelo bien atado, se apresuró a salir de sus aposentos y bajar la escalera.

—Buenos días —saludó a Emily, complacido de encontrarla como la única ocupante del comedor en ese momento.

—Buenos días —dijo ella, sonriéndole a su vez. De repente se sintió como un joven colegial saludando al objeto de su afecto, y apenas supo qué decir. Llenó su plato en silencio y se sentó junto a ella en la cabecera de la gran mesa.

—¿Cómo te encuentras hoy? —preguntó él, deseando que las palabras le resultaran más fáciles, que supiera exactamente cómo cautivar y cortejar a una mujer. Sin embargo, nunca lo había necesitado. Su matrimonio con Miriam había sido prácticamente concertado, y a pesar de que ella lo había odiado y casi nunca estaba en el mismo lugar que él, y mucho menos en su cama, él le había sido fiel. Había considerado que se lo debía.

Después de su muerte, él había tenido demasiadas cosas en las que concentrarse y no había querido verse atrapado en una relación de la que no pudiera salir fácilmente.

—Estoy bien —contestó ella con una pequeña sonrisa. —Feliz Navidad, Charles.

—Feliz Navidad para ti también —dijo él disfrutando de la calidez que sus ojos de jerez infundían en su alma. —Espero que disfrutes pasando el día con nosotros.

—Estoy segura de que lo haré —dijo ella bajando la vista a su plato para que él sólo pudiera ver la parte superior de sus gafas.

—Cuando encendimos el tronco de Navidad ayer, ¿deseaste algo? —preguntó ella pero enseguida negó con la cabeza. —Lo siento, por favor, no respondas a eso. No debería haber preguntado. Sólo tenía curiosidad.

Él sonrió, contento de no ser el único ligeramente nervioso después de su tiempo juntos.

—Está bien —dijo, pero luego se quedó en silencio mientras consideraba qué decirle, y finalmente se decidió por la verdad. —Deseé que hubiera una forma de pasar mi título a alguien que no fuera Edward o Thaddeus. Que pudiera cuidar de toda la gente que confía en mí y al mismo tiempo poder... vivir la vida como yo quisiera.

Dejó sin decir las palabras de si esa vida la incluiría a ella o no. Apenas se conocían. Y sin embargo...

—Todavía tienes mucho tiempo para encontrar una mujer que pueda darte un hijo —dijo Emily, y Charles se preguntó si había oído correctamente el dolor en su voz, o si era simplemente parte de su imaginación.

—Supongo que sí —dijo, picoteando la comida en su plato, encontrándose aliviado cuando oyó pasos detrás de ellos en la puerta.

—¡Margaret! —exclamó él cuando su hija entró. —Feliz Navidad.

Ella lo miró con sus amplios ojos azul verdes, y por un momento, él pensó que iban a alejarse de él como siempre lo hacían, quizás buscando a Emily en su lugar. Pero ella le sostuvo la mirada y, tras un momento de vacilación, respondió: —Feliz Navidad, padre.

A Charles se le cortó la respiración al oír sus palabras, y sus ojos se fijaron en los de Emily por un momento. Vio que las lágrimas se formaban en ellos mientras una sonrisa se extendía por su rostro.

Ella le asintió alentadoramente y él se aclaró la garganta antes de volver a hablar.

—¿Has dormido bien?

—Sí, he dormido bien.

—Tengo algo para ti —dijo él, metiendo la mano en el bolsillo y sacando una pequeña caja. Ya le había hecho regalos de Navidad antes, pero siempre a través de Miriam. Ahora se preguntaba si alguno de ellos había llegado a sus manos, y si lo había hecho, a quién se lo había atribuido Miriam.

—¿Qué es? —preguntó ella, pero él negó con la cabeza, rehusando contestarle.

—Ábrelo —la animó Emily, y entonces Charles metió la mano en su otro bolsillo y le pasó una caja.

—Y una para ti.

—¿Para mí? —preguntó ella, frunciendo el ceño, y él asintió, complacido al ver el brillo de emoción en sus ojos.

Ella miró a Margaret. —¿Las abrimos juntas?

La chica asintió y Charles vio que compartían una pequeña sonrisa de expectación. Abrieron las cajas juntas, jadeando casi al unísono ante lo que había dentro.

—¡Oh, Charles! —exclamó Emily. —Esto es demasiado. No puedo aceptarlo.

Él metió la mano en la caja y tomó el collar antes de levantarse de la silla y acercarse por detrás de ella para ponérselo en el cuello. Las yemas de sus dedos rozaron su suave piel mientras lo hacía. Sería tan fácil sucumbir a la tentación de quedarse allí, sólo un momento, para...

—Es precioso, señora Nicholls —respiró Margaret cuando los dedos de Emily subieron para rozar las suaves piedras rojas que ahora estaban sujetas a su garganta.

Margaret sacó su propio collar de la caja. Era igual al de Emily, pero las piedras eran esmeraldas en lugar de rubíes.

—Puede que no sea, ah, apropiado para que lo lleves ahora —dijo Charles, deseando que Margaret lo mirara para mostrarle sus pensamientos respecto al regalo —, pero algún día te quedará muy bien.

Él tomó el collar de Margaret. —¿Puedo?

Ella asintió, y él le abrochó el collar, dejándolo caer sobre sus hombros.

—Eran de mi madre —dijo él, incómodo por la forma en que las dos mujeres lo miraban, como si les hubiera regalado a cada una su propio patrimonio o algo por el estilo. —Quería que ambas los tuvieran para que siempre recordaran esta Navidad juntos.

—Estaban en el baúl —dijo Margaret con los ojos muy abiertos, y luego se tapó la boca con una mano. —Lo siento, padre, una vez miré en el baúl en tu dormitorio. Yo-

Charles puso una mano sobre la de ella.

—Está bien, Margaret. Me alegro de que vieras sus cosas.

Una sonrisa más grande que cualquier otra que él hubiera visto en su rostro creció. —Gracias, padre. Estoy deseando que lleguen más Navidades en las que estemos todos juntos.

Sus palabras le hicieron reflexionar tanto a él como a Emily, aunque ella se recuperó mucho más rápido.

—Tenemos la suerte de tener este año —dijo ella finalmente, y justo a tiempo cuando Lady Bishop y su marido eligieron ese momento para entrar en la habitación.

—¡Cielos! —dijo su prima Anita, con la mirada revoloteando entre Emily y Margaret. —¿Asaltaron el joyero de alguien?

—Fueron un regalo —dijo Charles, sus palabras algo mordaces, pero quería que su familia entendiera que no debían cuestionar nada relacionado con Emily o Margaret.

Anita asintió rápidamente, percibiendo la seriedad con la

que hablaba, antes de que sus hermanos y sus cónyuges se unieran pronto a la estancia.

—Los veremos a todos después del desayuno. ¿Quizás podamos jugar en el salón antes del servicio religioso? —dijo Charles, indicando a Emily y Margaret que le acompañaran fuera de la habitación, ambas parecían aliviadas al hacerlo.

—¿De verdad vamos a jugar, padre? —preguntó Margaret, y él volteó a ver a Emily, quien asintió alentadoramente.

—Sí, supongo que podemos, si la señora Nicholls tiene una idea de a qué podemos jugar.

—Los juegos son una de mis especialidades —dijo ella con una sonrisa cómplice. —Mis favoritos en Navidad son las charadas o el snapdragon[1], o incluso el farol del ciego.

—Nunca he jugado a ninguno de esos —dijo Margaret, y Charles asintió.

—Yo también hace tiempo que no lo hago.

—¡Entonces será mejor que juguemos! —exclamó Emily. —Ven, Margaret, vamos a practicar.

—Me uniré en breve, lo prometo —dijo Charles, viéndolas partir, y luego casi saltó de sorpresa cuando descubrió que Toller estaba detrás de él.

—Ella es la adecuada para esta casa —observó Toller, sorprendiendo a Charles con su atrevimiento, pero éste asintió lentamente en señal de acuerdo.

—Sí —dijo, mirando tras ella —, sí, ciertamente lo es.

Una hora más tarde, se encontró con que los miembros de su familia lo miraban como si se hubiera vuelto loco cuando le tendió una bufanda a uno de ellos para que se la pusiera.

—¿Para qué es eso? —preguntó Leticia, y él la miró.

—Para el juego —explicó. —Para quien sea "el que tenga que atrapar" a los otros.

Leticia miró a Emily, con los ojos cargados de sospecha, como si supiera que ella era la fuente del juego, pero suspiró. —Mientras no sea yo —dijo, llevándose una mano al cabello. —Arruinaría mi peinado que le llevó horas a mi criada.

Un tiempo no muy bien invertido, pensó Charles, pero él era demasiado prudente para comentarlo.

—¿Quién será? —preguntó Emily, y Edward fue nominado por el resto del grupo. Charles trató de contener sus celos cuando Emily tuvo que tocar los hombros de Edward para hacerlo girar tres veces antes de unirse rápidamente al resto del grupo para salir corriendo. Aunque le resultaba bastante cómico ver a su primo revolotear por la habitación buscando al resto. Edward había estado demasiado interesado en Miriam, y Charles no deseaba ver a otra de sus mujeres sucumbir a sus encantos, aunque esperaba que, esta vez, Emily fuera más sensata. Desde luego, no parecía muy dispuesta a disfrutar de la atención de Edward. Tal vez porque tuvo la oportunidad de ver al hombre que realmente era en su primer encuentro.

Edward atrapó a su hijo, que no parecía complacido de tener las manos de su padre en la cara y el cabello mientras Edward intentaba averiguar a quién había logrado capturar, pero cuando le tocó el turno a Thaddeus, se mostró entusiasmado en sus intentos de encontrar a otro que asumiera el papel, aunque Charles tuvo que preguntarse si no estaba espiando cuando encontró a Emily antes que a cualquier otro.

Ella tomó la venda para los ojos, sin preocuparse por su peinado mientras la ataba alrededor de su cabeza. Su familia se deleitó en huir de ella, y Charles aprovechó para observarla sin que ella pudiera presenciar lo que hacía. Nunca había conocido a una mujer como ella. No tenía la gracia de una mujer nacida en la aristocracia, ni el encanto pulido. Su encanto, más bien, era auténtico, único, y uno que lo atraía más que el de cualquier mujer.

Maldita sea, se estaba enamorando de ella. Y no tenía ni idea de qué hacer al respecto.

Mientras estaba allí, conmocionado por la comprensión, las frías manos de ella lo atraparon de repente por detrás, ya que había estado tan perdido en sus ensoñaciones que no se había dado cuenta de dónde estaba ella.

—¡He de decir! —Edward exclamó. —Eso es hacer trampa, hombre. Prácticamente has esperado a que te encuentre.

Él sonrió a Edward cuando las manos de Emily comenzaron a recorrer su rostro, pues tenía que determinar a quién había capturado.

—Charles —dijo ella, con la voz prácticamente sin aliento, y él se quedó con las manos encima, mirando su rostro vendado. De repente, le vino a la cabeza la idea de qué más podía hacer con los ojos de la mujer tapados de ese modo, y alargó las manos para acercarla a él. Le subió las manos por los brazos, hasta la parte superior de las mangas del vestido de mañana, y oyó que ella respiraba con dificultad cuando las acercó a su cuello. Se olvidó de todos los presentes, de dónde estaban, de la hora, de que todas las miradas estaban puestas en ellos cuando él se inclinó hacia...

—Ejem —dijo Edward desde su espalda, y Charles se dio la vuelta para mirarlo con una ceja levantada. Él era el conde, y maldita sea, si quería besar a su prometida delante de todos ellos, lo haría muy bien. Pero entonces vio los ojos de Margaret sobre él. La mirada de su rostro era de exhilarante alegría, y él se dio cuenta, tardíamente, de que todo lo que estaba haciendo era elevar sus expectativas por algo que nunca llegaría a suceder.

En su lugar, se acercó a Emily por detrás y le desató la venda de los ojos.

—Supongo que seré yo —dijo antes de salir tras Margaret, envolviéndola en un fuerte abrazo cuando la capturó y ella chilló de alegría.

Mientras sostenía a su hija en los brazos, lo único que podía pensar era que, después de todo, tal vez había algo en la Navidad de Emily.

CAPÍTULO 17

Emily miró nerviosa a su reflejo en el largo espejo que tenía delante. El vestido carmesí abrazaba sus curvas, y ella no era de las que solían acentuar ninguna de sus partes voluptuosas, pues las consideraba demasiado voluptuosas. Tenía curvas en todos los lugares que suelen gustar a los hombres -el corpiño y las caderas-, pero también tenía un poco de más en el estómago y en el trasero de lo que podía prescindir.

Afortunadamente, el estilo de moda aseguraba que el vestido fuera lo suficientemente fluido como para cubrir algunas de las partes que no quería mostrar, pero aun así...

—Se ve maravillosa, señora Nicholls —dijo Jenny mientras terminaba de abrochar los últimos botones de la espalda de Emily. Margaret asintió con entusiasmo desde su posición en la cama, ya que había insistido en estar presente mientras Emily se preparaba para el servicio religioso y la cena posterior.

—Sí —suspiró Margaret. —Me gustaría poder ser tan hermosa como usted algún día.

—Oh, Margaret —dijo Emily, agachándose a su lado

—serás la mujer más hermosa que jamás se haya contemplado.

Sus palabras eran ciertas. Con su largo y lujoso cabello oscuro, tan parecido al de su padre, y esos ojos color aguamarina, sería una belleza que rompería muchos corazones algún día, eso era seguro.

—Gracias, Jenny —dijo a su criada antes de volverse hacia Margaret. —Ven, vamos a reunirnos con los demás —dijo, extendiendo la mano. —La ceremonia religiosa empezará pronto.

Emily respiró profundamente mientras seguían por el pasillo curvo hacia el salón, intentando frenar los rápidos latidos de su corazón. Había asistido a muchas misas de Navidad y ya había conocido a esta familia. ¿Por qué tenía que estar nerviosa?

Entonces doblaron la esquina y entraron en el salón, y lo supo.

Sus ojos se dirigieron inmediatamente a Charles, viéndolo de pie cerca de la chimenea. Cuando entraron, él levantó la cabeza muy lentamente y su mirada se fijó en ella, donde ella y Margaret se encontraban en la entrada. Emily no podría haber dicho quién más estaba en la habitación en ese momento porque era como si hubiera un lazo que la unía a Charles, y nada ni nadie pudiera romperlo.

Dejó su bebida en la mesa auxiliar junto a él, y sus ojos no se apartaron de los de ella mientras cruzaba la habitación hacia ellas. Se detuvo a medio metro delante de ellas y se llevó las manos de Emily hacia sus labios, besando cada una de ellas por turno.

Emily nunca se había sentido tanto como una dama como en ese momento.

Tras una última y prolongada sonrisa compartida, Charles se agachó frente a la niña que estaba junto a Emily.

Tomó su mano entre las suyas y se la llevó también a los labios, depositando un rápido beso en ella.

—Lady Margaret —le dijo suavemente —, está usted de lo más encantadora esta noche.

—Gracias, padre —dijo ella, con la voz apenas por encima de un susurro.

Todo el momento era mágico, y con todo su ser, Emily anhelaba que los tres permanecieran en esta pequeña burbuja de Navidad para siempre.

—Está usted bastante atractiva, señora Nicholls —dijo la señora Blythe, acercándose y examinando a Emily de arriba a abajo y por detrás como si no fuera más que una figura sobre la que se exhibía un vestido. —Ese vestido es precioso. ¿Verdad, Katrina?

—Oh, sí, señora Blythe —dijo Lady Fredericton mientras se unía a su cuñada —, ese color es muy bonito. Muy intenso.

Ella extendió la mano y tocó la manga del vestido como si Emily no estuviera allí.

Emily se aclaró la garganta y retiró el brazo.

—Muchas gracias —dijo con una sonrisa cortés, y las mujeres finalmente se encontraron con sus ojos. —Las dos también lucen muy hermosas esta noche.

Sus vestidos eran muy elegantes, y también bastante extravagantes. Llevaban distintos tonos de rosa, con flores y joyas que decoraban intrincados peinados.

Emily finalmente miró alrededor de la sala, sólo para ver que se había convertido en el centro de atención. Incluso Lord Bishop y Lord Fredericton, normalmente más centrados en lo que había en sus copas y en sus platos, la estaban escudriñando, y a ella no le gustó mucho.

—¿Es hora de irnos? —le preguntó a Charles, que tenía un ceño fruncido que reflejaba lo que ella sentía en ese momento.

SU DESEO DE NAVIDAD

—Creo que sería lo mejor —respondió él, mientras todos empezaban a organizarse para el trayecto a la iglesia.

A pesar del frío que se aferraba obstinadamente al aire, un cálido rubor llenó a Emily durante toda la noche. El grupo se había metido en dos trineos y, arropada bajo las cálidas mantas junto a Charles, fue muy consciente de su musculoso y duro muslo apretado contra el suyo, de la escarcha en el aire que su aliento producía a escasos centímetros y de su mano derecha, que cubría la suya posesivamente. Aunque no podía sentir su calor a través del grosor de sus guantes, podía percibir, por la presión que ejercía sobre ella, que él sentía algo parecido a la conexión que ella sentía.

Y en la iglesia, cuando su mirada se cruzó con la de ella y compartieron una sonrisa, el espíritu navideño que había fluido por su alma todos los años desde que era una niña regresó con fuerza.

—Feliz Navidad —susurró él mientras los acordes del *Adeste Fideles* llenaban el aire. Cuando Emily miró al niño Jesús que yacía en el pesebre en la entrada de la iglesia, cerró los ojos y rezó por un milagro.

* * *

CHARLES NO HABÍA PODIDO CONCENTRARSE en nada más que en Emily. El brillo que siempre parecía iluminar sus ojos había estallado esta noche, su resplandor era tan brillante como la multitud de velas que rodeaban la iglesia. Su vestido carmesí la acentuaba en todos los lugares correctos, y los mechones de su cabello se enroscaban alrededor de su frente, suavizando su rostro maravillosamente.

Charles sabía que seguía actuando como un cachorro enamorado, pero no pudo evitar mantener su mirada sobre ella durante el servicio religioso, sabiendo que, al menos a los ojos de todos los que le rodeaban, era suya.

Y así fue como sus pies parecieron moverse por sí mismos cuando se escabulló por el pasillo de la familia más tarde esa noche, como si fuera un joven teniendo una relación secreta con la hija prohibida de un amigo de la familia y no el conde de treinta y seis años que era dueño de toda la propiedad reuniéndose con su prometida.

Aun así, cuando llamó suavemente a la puerta de su habitación mientras lanzaba miradas furtivas a su alrededor, el secretismo de sus acciones sólo hizo que su corazón latiera aún más rápido.

Ella apenas abrió la puerta, a través de la cual él pudo ver que ya se había desvestido para la noche, con una suave y desgastada bata rosa ceñida a su cuerpo, y su cabello cayendo en cascada alrededor de sus hombros en ondas arenosas.

—Charles —dijo tímidamente, abriendo más la puerta para permitirle la entrada. —Es tarde.

—Lo es —. Habían continuado jugando con su familia después del servicio y la cena, Emily había demostrado ser bastante hábil en las charadas, pero entonces, ¿en qué no parecía sobresalir? —Tengo algo para ti.

Ella se sentó en el borde de la cama mientras él se posaba en el taburete frente a su tocador, dándole la vuelta para que quedara frente a ella.

—Ya has sido más que generoso, en muchos sentidos. De hecho, no puedo aceptar el generoso regalo de las joyas de tu madre. No estaría bien —dijo ella, juntando las manos en su regazo. —No es necesario que me regales nada más.

—El collar es tuyo. Quiero que lo tengas —dijo él en voz baja, pasándose una mano por el cabello, nervioso. Esperaba que ella apreciara sus esfuerzos, que no pensara que estaba aquí para hacerle el amor una vez más, aunque él anhelaba hacerlo con todo su ser. "Esto no es gran cosa. Pero recuerdo que me dijiste que tu familia solía preparar muérdago juntos, aunque tu único propósito era evitarlo.

Había estado sosteniendo su regalo detrás de él desde que entró, y lo sacó ahora de su espalda.

—Le pedí a Margaret que me ayudara a hacer esto para ti —dijo, mirando la bola de vegetación que tenía delante. Sus esfuerzos habían sido bastante pobres, pero esperaba que ella los apreciara.

—Debo disculparme, porque no es precisamente agradable a la vista, pero...

—Es perfecto —dijo ella levantándose de la cama y caminando hacia él, alzando la bola de muérdago de sus manos mientras la inspeccionaba antes de acercarla a su pecho. —Nunca podría haber uno que significara más para mí que el que tú y Margaret hicieron juntos.

—Bien —dijo él, desmesuradamente satisfecho.

—¿En qué momento tuvieron tiempo de hacer algo así? —preguntó ella.

—Mientras te preparabas para el servicio religioso, tuvimos bastante tiempo —respondió él con una sonrisa burlona. —¡Apenas podía creer el tiempo que nos llevó!

—Lo sé —dijo ella disculpándose. —Nunca en mi vida me había llevado tanto tiempo y esfuerzo para...

—Estoy bromeando —dijo él, poniéndose delante de ella. —La atención bien valió la pena. Estabas preciosa.

—Gracias —dijo ella en voz baja.

—Ahora, hay una razón por la que te traje esto esta noche... a solas.

—¿Oh? —ella lo miró, la expresión en sus ojos casi tímida desde detrás de sus pestañas, aunque él sabía que no era practicada. Emily no era más que sincera.

—Pensé que tal vez podríamos ver lo que pasaría —levantó el muérdago sobre sus cabezas —, si los dos estuviéramos juntos debajo de él.

Él prácticamente pudo ver la discusión dentro de su mente mientras se reproducía en su rostro -anhelo, frustración, placer y duda-, pero finalmente ella suspiró y dio un paso más hacia él.

—Nunca pude resistirme al muérdago —dijo casi a regañadientes.

Antes de que ella pudiera cambiar de opinión, él se inclinó y capturó su boca con la suya, saboreándola como si fuera un hombre que hubiera estado privado de bebida durante años y que ahora por fin pudiera saciar su sed.

Él había venido aquí para reclamar su beso, y ahora que había empezado, no sabía si sería capaz de parar. ¿Cómo podría apartarse de ella, cómo podría dejarla una vez que todo esto hubiera terminado?

No podría. No lo haría.

Podía imaginar en su mente la familia en la que se convertirían los tres. Margaret estaba tan cautivada por ella como él. Todo lo que había necesitado era la mención de un regalo para Emily para que ella aceptara pasar un tiempo a solas con él esa tarde. Y parecía que Emily estaba igual de prendada de Margaret. No podía permitir que los dejara, ella era lo que los dos habían necesitado para volver a unirse y convertirse en una verdadera familia. Si ella se iba, todo estaría perdido.

De alguna manera, él se había encontrado en un camino diferente al que había empezado, y no creía que fuera a encontrar su camino hacia adelante.

—Emily —murmuró contra su boca, esos labios que lo llamaban, que le pedían que los probara de nuevo. Eran picantes, eran dulces, eran todo lo que un hombre podía desear en los labios de una mujer. Oyó la rápida inhalación cuando introdujo la lengua en su boca, su hambre por ella era insaciable.

Ella se apartó de él por un momento.

—Nunca me habían besado así bajo el muérdago —dijo ella, respirando rápidamente.

—Preferiría que dijeras que nunca te ha besado así... en absoluto.

Un delicado tono rosado floreció en sus mejillas.

—No lo han hecho.

—Ahora sólo lo dices porque sabes que es lo que quiero oír —dijo él, aunque con una sonrisa, y ella negó con la cabeza.

—Siempre he tenido tendencia a decir la verdad —dijo ella encogiéndose de hombros. —Es un hábito bastante malo, me temo.

—Uno que no me molesta demasiado —replicó él. —Así que dime esto: ¿es el muérdago más feo que has visto en tu vida?

—He visto cosas peores.

—¿De verdad?

—De acuerdo, sólo he visto uno peor que éste. La mayoría tienen... mejor composición, supongo que se puede decir. Pero este fue obviamente hecho con mucho cuidado. Y no sólo eso, ha demostrado ser bastante eficaz.

—¿Me habrías besado sin él?

—Sí.

Le dedicó una sonrisa de lobo. —Tengo que decirte, Emily, que me haces sentir que puedo ser yo mismo. Que puedo dejar de lado todos los libros de contabilidad y la responsabilidad, disfrutar realmente de cada momento por lo que es. Mi hija por fin me mira como si fuera un ser humano y no un monstruo que viene a robársela. Tengo que agradecerte todo eso.

Ella sonrió tímidamente. —De nada.

Volvió a besarla, pero esta vez sus labios se desviaron, rozando ligeramente su frente, sus pómulos, su nariz, hasta que le acarició el cuello y su brazo se enroscó alrededor de sus hombros para acercarlo a ella.

—¿Volverás a hacer el amor conmigo? —respiró ella, y él

pensó que se convertiría en líquido y se derretiría en un charco a sus pies.

—No es por eso por lo que he venido —murmuró él, aunque su cuerpo le gritaba que no fuera tonto y que simplemente hiciera lo que ella decía.

—¿No me deseas?

—Claro que te deseo —replicó él. —No hay nada más que desee tan desesperadamente. Pero no quiero que te sientas obligada a hacerlo.

—No te lo pido porque sienta que debo hacerlo —dijo ella indignada, pinchándole en el pecho. —Te lo pido porque te deseo, Charles Blythe. A pesar de la fría armadura que levantas, he sido testigo del hombre que reside debajo, el hombre con fuego apasionado que se esconde en lo más profundo de su ser.

Él se rio con pesar mientras paseaba sus dedos por los sedosos mechones de su cabello, extendiéndolos alrededor de sus hombros, enrollando un mechón alrededor de su dedo. ¿Cómo podía un cabello del color de la paja tener la textura del más fino de los satenes?

—Si eso es lo que quieres, amor, eso es lo que tendrás.

Esta vez, cuando él tomó sus labios, no fue con ligereza o suavidad, sino con la ardiente pasión que ella había descrito. Lo que ella no sabía, lo que no podía saber, era que no había un ser extraño residiendo en él. Ella lo sacó a relucir, le mostró el hombre que nunca supo que podía ser.

Y ahora la bestia que llevaba dentro estaba saliendo.

—¿Estás calentita? —le preguntó entre beso y beso.

—¿Calientita? —dijo ella sin aliento.

—Sí —respondió él. —Tal vez sea el momento de perder tu bata.

Se la quitó de los hombros hasta que quedó a sus pies, y la levantó ligeramente del suelo sobre ella, acercándola lentamente a la cama, beso a beso.

Él subió y bajó sus manos por los brazos de ella, hasta que empujó las suyas hacia la parte delantera de su bata, y pronto se unió a la de ella en el suelo. Él sólo llevaba una camisa de dormir debajo, y cuando ella le pasó las manos por encima, aparentemente intrigada, él le dio un mordisco en el labio para distraerla, devolviéndola al momento mientras que se deshacía de ella por completo.

Pero entonces ella estaba trazando las líneas de los músculos de su pecho, sus dedos bailando sobre los vellos que lo cubrían. Cuando los dedos se deslizaron sobre sus pezones, las emociones que había en su interior y que habían permanecido dormidas durante mucho tiempo cobraron vida, y él bajó las manos por la espalda de ella para agarrarle las nalgas y apretarla contra él.

Sin nada más que la tela ligera y eterea de su camisón entre ellos, el deseo que había estado amenazando con explotar finalmente lo hizo. El aire se llenó de ella: del agua de rosas con la que se bañaba, del ligero almizcle de su piel, de su esencia. La hizo retroceder hacia la cama, y ella se deslizó hacia atrás sobre ella hasta que él se arrastró sobre ella como un tigre a la caza de su presa.

Esto estaba tan lejos de los acoplamientos obligatorios que había compartido con Miriam que no creía que pudiera llamarlo el mismo acto. Esto era más que relaciones sexuales. Esto era hacer el amor, atesorarse el uno al otro en más formas de las que él hubiera creído posible.

Encontró el punto de placer de ella, acariciándola, hasta que sus piernas se abrieron por sí solas, invitándolo a entrar. Sujetó su camisón con la mano mientras lo levantaba hasta la cintura, y cuando se enterró dentro de ella, fue como si hubiera llegado a casa.

Un hogar del que nunca más quería salir.

CAPÍTULO 18

≈

*E*mily había pasado gran parte de su vida de viuda en la propiedad de un noble como institutriz. No era exactamente parte de la servidumbre, pero tampoco formaba parte de la familia.

Ahora, la trataban como la señora de la mansión, pero aún no era del todo de la familia, aunque no estaba segura de que esa familia fuera una de las que ella elegiría para ser parte de ella en cualquier caso.

Pero también estaba Charles. Era como si ella conociera un secreto que sólo compartían ellos dos, ya que, por muy reservado que fuera durante todo el día, por la noche, cuando se acercaba a ella, era un hombre totalmente distinto.

Habían pasado cuatro días desde la Navidad y, aunque aún faltaban días, Emily esperaba la partida de los primos de Charles con tanta ilusión como temía la idea de separarse de Charles y Margaret.

—Apenas puedo creer que nunca quise venir aquí —murmuró a Charles mientras bailaban juntos una noche. Se habían reunido en el salón y Margaret estaba haciendo un trabajo admirable tocando para ellos. Parecía disfrutar tocando valses, pues era el segundo en otros tantos bailes. Charles había reclamado su mano para los dos, diciéndole que prefería escandalizar a sus primos que tener que bailar con alguno de ellos.

—¿Estás admitiendo que no tenías ningún deseo de estar en mi compañía? —le respondió él con una ceja alzada, con un lado de los labios levantado en una sonrisa.

—Sólo admito que estaba deseando pasar Navidad en casa con mi familia hasta que te acercaste con otra idea —dijo ella, sonriendo inocentemente. —Una que debería haber rechazado, pero ahora debo admitir que me alegro de no haberlo hecho.

—¿Por mi compañía? —preguntó él, con el rostro impasible, aunque sus palabras tenían un tono burlón. —¿O por las... experiencias que hemos compartido?

—Eres imposible —dijo ella, poniendo los ojos en blanco, y él se rio.

A ella le encantaba el sonido fuerte y rodante de su risa. Siempre empezaba como un estruendo en lo más profundo de su pecho antes de que pareciera salir de su boca, en el aire, para tocar el alma de ella. No se reía a menudo, pero cuando lo hacía, la llenaba de alegría.

—Aparentemente no es totalmente imposible —dijo él —, porque realmente me has hecho sentir de nuevo.

Se miraron a los ojos y, aunque sus bromas llenaban el aire entre ellos, Emily estaba muy consciente de la conexión más profunda que se escondía bajo la superficie, una conexión que ninguno de los dos quería abordar, ya que probablemente sólo acabaría en tristeza.

La música llegó a su fin, y cuando un "ejem" sonó a su lado, ambos se volvieron para encontrar a Edward al acecho.

—Si puedes hacer el esfuerzo de darle un turno a otro, Charles, me gustaría bailar con tu señora Nicholls.

—Por supuesto —dijo Charles, aunque pareció relajarse

ligeramente cuando Margaret anunció que tocaría una cuadrilla.

Charles formó pareja con Leticia, y las cuatro parejas formaron un cuadrado al comenzar el baile. Emily intentó concentrarse en las palabras de Edward mientras recordaba los pasos, ya que hacía tiempo que ella misma no participaba en un baile de este tipo.

—Cuéntenos más sobre usted, señora Nicholls —dijo Edward cuando los dos se pusieron frente a frente. —¿De dónde viene usted?

—*Chassés jetté, assemblé* —murmuró Emily los pasos para sí misma mientras avanzaban hacia Charles y Leticia.

Charles le guiñó un ojo cuando se dieron la mano derecha al pasar el uno al otro y luego Edward tomó la izquierda de ella.

Emily acertó a decir: —De Newport —antes de que repitieran los pasos hacia el otro lado.

Cuando se giraron para mirarse, Edward tenía otra pregunta preparada y esperando.

—¿Cuál es la profesión de su padre?

—*Balancé. Sissone Balotté, Assemblé* —murmuró Emily y luego alzó ligeramente la voz para que él pudiera oírla. —Era un abogado.

Giró a dos manos en torno a la izquierda. Ahora que estaba más cerca, Edward estaba realmente concentrado en ella. —¿Estuvo casada?

—Lo estuve.

—¿Qué sucedió?

—Él murió.

—¿Cuál era su profesión?

—También era abogado.

—¿De qué manera conoció a Charles?

Emily agradeció que hubiera llegado la hora de *la Chaine des Dames*, así que tuvo un momento para pensar qué decir.

Ella y Leticia se cruzaron en el centro, dándose la mano derecha, antes de que ella y Charles se giraran el uno con el otro, con las manos izquierdas apretadas.

—¿Cómo nos conocimos? —le susurró ella.

—¿Perdón? —respondió él con los ojos muy abiertos.

—Nos conocimos en un baile —decidió ella mientras se giraban una vez más. —Tiene que ser la verdad.

El reconocimiento apareció en los ojos de él mientras asentía, y entonces Emily volvió a estar con Edward. Mientras giraban el uno con el otro, ella repitió sus palabras.

—Un baile —dijo ella. —Charles y yo nos conocimos en un baile.

—¿Cuándo? —preguntó él mientras tomaba las manos de ella en el paseo.

—*Chassés Jetté, Assemblé* —se repitió ella tres veces. —Ah, hace poco —respondió ella, esperando que su sonrisa forzada lo convenciera.

—Bueno, si usted es de Newport, en realidad tengo algunos conocidos de por allí —dijo él, su sonrisa reflejando la de ella. —Tal vez los conozca... ¿Lord y Lady Rosthern?

Emily los conocía de sobra, pero no tenía interés en seguir hablando de ellos.

—Tal vez —dijo ella mientras las parejas laterales comenzaban a bailar. Dios, ¿cuánto tiempo más llevaría esto?

—Espero saberlo pronto —dijo él jovialmente. —¡Incluso podrían asistir a su boda!

Ciertamente no lo harán, pensó Emily con enfado, pero entonces recordó que en realidad ella no iba a casarse. Ni con Charles, ni con nadie más. Lo miró al otro lado de la habitación y él le devolvió la mirada, aunque con una sonrisa.

Porque la verdad era que nunca podría casarse con nadie más que con *él*. Y él no tenía ningún interés en casarse con ella. No podía. Y el hecho de que ella entendía perfectamente por qué no, sólo hacía que toda la situación fuera mucho más triste.

—En realidad, usted es encantadora —continuó Edward—, debe ser por eso que usted le agrada tanto a Charles. No lo entendí del todo cuando nos presentó por primera vez, ya sabe.

—¿Oh? —dijo Emily, aunque se había sorprendido más que nadie aquella noche en el salón de baile de su patrón. —¿Por lo repentino?

—No —Edward negó con la cabeza, pero luego cambió el rumbo de la conversación, o eso pensó Emily.

—¿Ha visto alguna vez un retrato de Miriam, la primera esposa de Charles?

—No, en realidad —respondió Emily, considerando ahora que aquello era algo extraño. —No lo he visto.

—Ah —dijo Edward con una sonrisa omnisciente que hizo que Emily se estremeciera. —Venga conmigo.

Le tendió el brazo y ella lo tomó de mala gana. La condujo hasta la pared más alejada del salón, donde los retratos y las pinturas se extendían tan alto que casi tocaban las manos de los ángeles que danzaban por el techo.

La habitación era circular, cubierta de retratos, algunos de familias, otros de hombres y mujeres individuales que Emily supuso que eran condes y condesas anteriores. No les había prestado especial atención, ya que había muchas otras cosas en las que ocuparse.

Edward la condujo hacia una de las ventanas de guillotina, donde una de las largas cortinas de terciopelo carmesí estaba cerrada, cubriendo parcialmente uno de los retratos. Él la retiró y Emily se encontró mirando fijamente a los ojos de Charles, Margaret sentada en una silla frente a él, con una expresión solemne en su pequeño rostro. Era joven. Emily la situó a los cinco años. Y junto a Charles estaba una de las mujeres más hermosas que Emily había visto jamás. Tenía el cabello oscuro, largo y liso, similar al de Margaret y Charles. Sus ojos eran de un azul cristalino que brillaban fuera del retrato y a través de Emily como si su portadora estuviera aún viva. Era alta, delgada y estaba elegantemente vestida. Parecía haber nacido para ser pintada en un retrato así.

—¿No era hermosa? —preguntó Edward con un suspiro mientras miraba el retrato. —Esta era Miriam. Puede que el padre de Charles la eligiera, pero Charles no discutió ni una sola vez al saber de su belleza.

Emily no podía dejar de mirarla. Después de que Charles había estado casado con una mujer así, ¿cómo podía siquiera considerar estar con alguien como ella?

No era de extrañar que todos parecieran incrédulos de que Charles se comprometiera con ella, con sus gafas y su gordura y, anteriormente con vestidos que la desmerecían.

—Era muy hermosa —consiguió decir Emily, dándole la razón.

—Sí, pobre Charles, por perderla tan pronto —dijo él moviendo la cabeza con nostalgia. —Y pobre Margaret, por perder a su madre a una edad tan temprana. Bueno, será mejor que volvamos con el resto.

—Sí —dijo Emily, su voz apenas un suspiro. —Deberíamos volver.

* * *

CHARLES APENAS PODÍA CREER que había conocido a Emily hacía poco más de un mes, pues le parecía que la conocía de toda la vida. Después de la cuadrilla, Emily había tomado el relevo en el pianoforte, mientras él había hecho pareja con Margaret en un baile.

Su hija se había mostrado reacia al principio, pero a instancias de Emily, se puso en sus brazos y Charles sintió como si su corazón hubiera saltado de su pecho al de ella.

Aquella noche regresaba a su dormitorio -de donde, después de que su ayuda de cámara lo asistiera, saldría para reunirse con Emily- cuando oyó voces procedentes de la entrada del pasillo que conducía al salón. Pensando que se trataba de uno de los criados, una sonrisa apareció en su rostro a modo de saludo, pero se detuvo bruscamente en el umbral de la puerta ante la escena que tenía delante.

—Vamos, bonita, sólo un besito. Después de todo, estamos bajo el muérdago.

—Le... le agradezco, señor Thaddeus, pero tengo un hombre esperándome, y no me gustaría ser desleal...

—Él nunca lo sabrá. Nadie lo sabrá.

Los brazos de Thaddeus rodearon a la joven doncella, atrapándola contra la pared mientras se inclinaba hacia ella, a pesar de sus intentos de zafarse.

—Thaddeus —dijo Charles en tono de advertencia más que de saludo, y el hombre se volvió al oír su voz. Charles esperaba que se apartara de la chica por vergüenza, pero en lugar de eso, sonrió aún más.

—Ah, Lord Doverton —dijo. —Tengo que agradecerle el muérdago. Ya me ha proporcionado mucha diversión.

—Deberías avergonzarte —regañó Charles, sabiendo que estaba tratando a su sobrino como Emily lo haría con uno de sus cargos, pero apenas le importaba. Le hizo un gesto a la chica para que se fuera ahora cuando tenía a Thaddeus distraído, y la chica asintió para zafarse de los brazos de Thaddeus y bajar al pasillo tan rápido como pudo. —No permitiré que acoses a mis sirvientes. Déjalas en paz durante el resto de tu estancia aquí, ¿me oyes?

—Sólo estoy aprovechando lo que algún día será mío —dijo Thaddeus con una sonrisa de satisfacción. —¿Se encuentra bien estos días, milord? ¿O debo continuar con mis preparativos?

Comenzó a reírse mientras lo dejaba y caminaba por el

pasillo, su risa resonó en el alma misma de Charles mientras consideraba lo que le depararía el futuro con Ravenport en las manos de Thaddeus. Era la misma razón por la que le había dicho a Edward que se iba a casar, por la que había elegido a una mujer al azar entre la multitud y la había anunciado como su prometida: para darse un tiempo hasta que encontrara una mujer que probablemente le diera un hijo.

Cuando cerró los ojos para imaginar a una mujer caminando por el pasillo hacia él, una mujer que apoyaría a su hija, que estaría en su cama noche tras noche, que caminaría con él por estos mismos pasillos de Ravenport, sólo vio un rostro. El de Emily.

Pero si se casaba con ella, sólo sería por él mismo. Porque estaría dejando Ravenport y todo lo que había dentro y alrededor -sus sirvientes, sus arrendatarios- en manos del heredero también. ¿Cómo podría someterlos a esa miseria para ser feliz?

No lo haría. Se dio cuenta de que no podía, mientras su corazón parecía partirse en dos, entre Emily y todos los que dependían de él.

Tenía que poner cierta distancia entre ellos para que, cuando llegara el momento de su partida, no fuera tan doloroso, ni para él ni para ella.

A partir de ahora.

* * *

—Hola, Charles —dijo Emily en voz baja mientras cerraba la puerta tras él. Llevaba tanto tiempo esperándolo que empezaba a preguntarse si iba a venir o no. Apenas quería admitir, incluso para sí misma, lo mucho que esperaba sus visitas nocturnas. Ni siquiera era por el amor que hacían juntos. Era el hecho de que en esas pocas horas podían estar a solas, sin pretensiones. Había pensado que en este tiempo robado, Charles la deseaba a ella, a Emily Nicholls, sin otra razón que ella misma.

Sin embargo, ahora, después de ver a Miriam, se preguntaba qué veía Charles en ella. ¿Qué quería exactamente de ella? ¿Era simplemente porque ella estaba convenientemente aquí? ¿Importaría si fuera cualquier otra mujer?

Le molestaba mucho cuestionarse a sí misma, pero no podía evitar que los pensamientos entraran en su mente.

—Mis disculpas. Sé que es tarde —dijo él con bastante formalidad, entrando en la habitación, y cuando miró alrededor de la cámara a todo menos a ella, el corazón de Emily cayó al instante.

—¿Qué ocurre? —preguntó en voz baja, con las palmas de las manos empezando a sudar ahora.

—Nada —dijo él rápidamente -demasiado rápido- sacudiendo la cabeza. —Nada en absoluto. Sólo pensé... bueno, quise venir a verte para que no me esperaras, pero hay algo de lo que debemos hablar.

Permaneció en silencio un momento antes de que finalmente se encontrara con sus ojos. —Creo que tal vez sea mejor que no sigamos pasando tiempo juntos... de esta manera.

—¿De esta manera? —repitió Emily. Desde su conversación con Edward, había esperado a medias esto, pero aun así, le dolía más de lo que le importaba admitir. —¿Te refieres a tener intimidad el uno con el otro?

—Sí —asintió él, pareciendo aliviado de que fuera ella quien dijera las palabras en lugar de él. Emily siempre había sido bastante sincera, mientras que estaba segura de que Charles había sido educado para no expresar esas cosas con palabras. —Como no estamos casados, y más aún, no tenemos intenciones de estarlo, me preocupan las posibles consecuencias.

—Ya hemos tenido esta discusión —suspiró ella, sentándose pesadamente en la cama, preguntándose por el hecho de que él hubiera olvidado lo que ella le había dicho, ya que producir un heredero parecía de vital importancia en su mente. —No es probable que conciba, así que no debes preocuparte.

—Aun así —dijo él, pareciendo bastante incómodo —, esto no es justo para ninguno de los dos.

Sus palabras eran apresuradas, más inseguras que las que ella había escuchado de él. Siempre era tan decidido.

—¿Qué ha pasado? —preguntó Emily, intuyendo que algo iba mal. —¿Qué ha cambiado?

—Nada —dijo él bruscamente. —Nada en absoluto. Mis responsabilidades siguen siendo las de siempre. Simplemente me han recordado lo negligente que he sido a la hora de cumplirlas. Debo irme. Buenas noches, Emily. Espero verte mañana.

Y con eso, se fue, dejando a Emily de pie mirando la puerta con la boca abierta.

Él la había rechazado.

Y cuando el cuchillo le atravesó el corazón, le dolió más de lo que podría haber previsto.

CAPÍTULO 19

—¿Señora Nicholls?
Emily gimió para sus adentros cuando Edward la acorraló de camino al comedor. Ella levantó la vista apresuradamente para asegurarse de que no había ningún maldito muérdago colgando sobre ellos, y luego se detuvo y esperó a que él se uniera a ella.

—¿Sí, señor Blythe? —dijo pacientemente, preocupada por la sonrisa de suficiencia que se dibujó en su rostro cuando empezó a caminar con ella, con sus pasos acompasados.

—¿Recuerda usted, hace unos días, cuando le mencioné a unos conocidos mutuos?

—Sí... —dijo ella, cerrando los ojos por un momento. Esperaba que su conversación fuera la última vez que oyera hablar de Lord y Lady Rosthern, pero este hombre era como un perro con un hueso una vez que estaba sobre algo.

—Bueno, les escribí después de hablar con usted aquí en Ravenport, pidiéndoles que me enviaran su respuesta aquí. Y ¿puede creerlo? Hoy ha llegado una carta de ellos.

Emily gimió interiormente, todo en sus adentros deseaba

darse la vuelta y huir de él, por el pasillo hacia la seguridad de su habitación.

—Parece que sí conocen a su familia —dijo él, con una sonrisa que se amplió hasta el punto de volverse casi demoníaca. —Lord Rosthern me ha dicho que tanto usted como su hermana han disfrutado de puestos como institutrices. Y, ¿puede creerlo? Su hermana era más que amigable con Lord Rosthern. Parece que deseaba tener una relación bastante estrecha con él.

Emily se detuvo y giró sobre sí misma, levantando un dedo y apuntando hacia el horrible hombre. Podía decir lo que quisiera de ella, pero no le escucharía despreciar a su hermana.

—Permítame dejar algo muy claro, señor Blythe. No había ninguna relación entre ellos más allá de empleador e institutriz. Lord Rosthern intentó aprovecharse de mi hermana, y por eso ella dejó su puesto. Él puede decir lo contrario, pero no es más que una mentira. Usted no hablará mal de mi hermana cuando no hizo otra cosa que guiar a esos niños pensando en lo mejor para ellos.

Él se rio, su sonido puso todos los pelos de los brazos de Emily en punta.

—Oh, es usted toda una defensora, señora Nicholls —dijo él, levantando un dedo para acariciar su mejilla y ella retrocedió. —Es bastante entrañable. Pero no importa su hermana. Ella no tiene importancia para mí. Lo que más me intriga es el hecho de que usted trabaja para lord y lady Coningsby. Dígame, ¿saben ellos de su enredo aquí con mi buen primo? Me resulta difícil creer que usted continuaría en su empleo si se comprometiera a casarse con Charles. Una futura condesa no necesitaría continuar como institutriz. Dígame, ¿en qué baile conoció a Charles? No sería en el de la residencia Coningsby, ¿verdad?

Emily permaneció atrapada en sus palabras, congelada en

el silencio ante todo lo que él había conjeturado, la mayor parte de ello infaliblemente cierto.

—Yo... —comenzó, intentando encontrar las palabras. —Soy institutriz, sí —admitió, pero mantuvo la cabeza alta, negándose a avergonzarse. —Pero ¿qué importa eso?

—Oh, sí importa, señora Nicholls —dijo él, avanzando hacia ella, y Emily retrocedió un paso por cada uno que él daba hacia delante, hasta que estuvo a ras de la pared. —Importa mucho. Siempre sospeché de esa pequeña treta que creó Charles, al nombrarla su prometida. Ahora que sé la verdad, cuando se lo cuente a los demás, Charles será el hazmerreír.

—No hará ninguna diferencia —dijo Emily, cuadrando los hombros, negándose a dejarse intimidar. —Charles sabe que soy institutriz y puede casarse conmigo si lo desea. No sería la primera institutriz que se convierte en dama. Y si él... si elige no casarse conmigo después de todo, entonces encontrará a otra muy rápidamente, estoy segura.

—Sí, ¿pero qué buena familia querría atarse a un hombre que finge casarse con una mujer y luego la abandona con la misma rapidez, y además con una institutriz? Todos sabrían que usted no es más que una amante.

—*No* soy su amante —dijo Emily, aunque las palabras sonaron falsas incluso para sus propios oídos.

—¿No? —dijo Edward, levantando las cejas. —¿Entonces Charles realmente va a casarse con usted?

Emily guardó silencio.

—Si hay un escándalo, señora Nicholls, entonces a Charles le costará bastante más esfuerzo casarse. Estoy segura de que lo hará con el tiempo; después de todo, es un conde y hay muchas jóvenes desesperadas. Pero Charles de por sí apenas puede soportar tales eventos sociales. ¿Si se convierte en el hazmerreír? Ja, nunca lo hará, y el título será mío... o de Thaddeus. A menos que...

—¿A menos que qué? —preguntó Emily, con una sensación de malestar que le llenaba el estómago, pues sabía que nada bueno iba a salir de esta conversación.

—A menos que se marche —dijo Edward, mirándola con una sonrisa de satisfacción—. Déjelo, deje esta casa, váyase antes de la celebración de Noche de Reyes. Vuelva a su vida, señora Nicholls, a su pequeña familia en Newport y a su puesto de institutriz con los Coningsby. Hágalo, y me aseguraré de que la familia guarde el secreto. Todos olvidaremos que esto ha sucedido —hizo una pausa— bueno, excepto usted. Estoy seguro de que nunca olvidará el hecho de haber sido la posible esposa de un conde durante toda su vida.

Él se inclinó, y Emily pudo oler su vil aliento cuando su boca se acercó a su cara. Podía parecerse a Charles en su aspecto, pero en todo lo demás eran tan diferentes como un trozo de carbón y el rubí de su collar.

—Váyase a casa, señora Nicholls. Recoja sus gafas y su muérdago, y deje sus vestidos nuevos por los que le corresponden a esa figura suya. Tome.

Le pasó un puñado de monedas, y Emily ni siquiera pensó cuando su mano se abrió por sí sola y él se las pasó.

—Esto será más que suficiente para pagar una diligencia a casa. Los caminos ya deben estar despejados. Buen viaje, señora Nicholls.

Y al decir esto guiñó un ojo, giró sobre sus talones con las manos a la espalda y continuó por el pasillo, silbando una alegre melodía mientras avanzaba.

* * *

CHARLES SE FROTÓ los ojos con cansancio. Había sido una larga noche, pues apenas había podido pegar ojo. Todo lo que podía imaginar era la cara de Emily, tan dolida, tan enfadada, mientras lo miraba fijamente tras su despedida después de sus noches juntos.

Él sólo intentaba hacer lo correcto por ella. No podía comprometerse con ella, no cuando tantos otros confiaban en él. Nunca debió involucrarse con ella, pero la verdad, por difícil que fuera admitirlo, era que no había podido evitarlo.

Y ahora mírenlo.

Sin embargo, había *una cosa* que podía hacer. Podía ir a hablar con ella una vez más, explicándose mucho mejor esta vez. Seguramente entonces ella entendería su razonamiento y sabría que su rechazo no tenía nada que ver con ella, sino que, de hecho, se debía a lo atraído que estaba por ella.

Charles llamó ligeramente a la puerta de su habitación, aunque no se sorprendió cuando ella no respondió. Abrió la puerta ligeramente para ver el interior, pero la habitación estaba a oscuras, el espacio vacío.

—¿Emily? —llamó, pero instintivamente sabía que ella no estaría allí. Debía de haber bajado a cenar. Charles se dio la vuelta para marcharse, pero entonces su vista captó un destello rojo en el tocador, donde las grandes piedras de rubí reflejaban el sol de invierno que se ponía a través de la ventana.

Se acercó con pasos apresurados, y allí encontró el collar, junto al muérdago que había creado con sus propias manos.

Charles atravesó la habitación y abrió de un tirón las puertas del armario. Aún quedaban vestidos, pero con una sensación de malestar en el estómago, rebuscó entre las capas de seda, muselina y satén de colores. Era tal y como había pensado. Nada de grises monótonos. Nada de azul marino de cuello alto.

Ella sólo se había llevado aquello con lo que había venido. Se había ido.

* * *

Emily se apresuró a atravesar la nieve. Si se apresuraba, podría alcanzar la última diligencia que pasaba por Duxford. En poco tiempo estaría en casa de sus padres. Sin embargo, primero tenía que atravesar los montones de nieve de medio metro de altura mientras el viento le golpeaba la cara. Avanzaba con lentitud, pero no iba a quedarse en Ravenport ni un momento más.

Había intentado cumplir su promesa y su deber, pero había fracasado.

Había fracasado porque se había enamorado de Charles. Sabía que debería haber acudido a él, debería haberle contado lo que Edward sabía y que la había amenazado. Pero anoche Charles había terminado con todo lo que había entre ellos, y ella finalmente se había dado cuenta de lo que debía haber hecho el día en que él le ofreció este puesto.

Su orgullo, su amor, no valía ninguna cantidad de dinero que él pudiera ofrecerle. Sí, ella podría entonces mantener a sus padres. Pero era mucho mejor si redoblaba sus esfuerzos para ahorrar su salario para ellos. Y, si no, tal vez podría enviar a su hermana para que asumiera el deber de institutriz con Margaret.

Pobre Margaret. La niña había sollozado cuando Emily se había despedido de ella -no fue capaz de irse sin hacerlo-, pero Emily le había prometido visitarla muy pronto. Y la visitaría. Era a la vez una bendición y una maldición que no estuvieran lejos. Por mucho que Emily quisiera cortar todos los lazos si tenía que dejar a Charles, siempre tendría esta conexión con Margaret.

—Lo siento —le había dicho a la niña —, pero es hora de que me vaya de Ravenport.

—Pero *tú* lo amas —había protestado Margaret, y los ojos de Emily se llenaron de lágrimas. Margaret era mucho más perceptiva de lo que Emily o Charles se habían dado cuenta.

—Y esa es la razón por la que me voy —había susurrado en

respuesta. —Tu padre necesita encontrar una mujer que pueda ser una verdadera madre para ti, que pueda darte hermanos y hermanas y toda la felicidad del mundo—. Había recogido el rostro de Margaret entre sus manos. —Pero te prometo que te visitaré, tan a menudo como pueda. Tu padre te quiere mucho. Todo lo que tienes que hacer es darle un poco de ánimo, y verás que aprenderá a demostrarte que te quiere.

Margaret asintió, sabia más allá de su edad, y el corazón de Emily se rompió un poco más.

—Escríbeme una canción, ¿quieres? —le pidió Emily, y Margaret había asentido.

Oh, cómo iba a echar de menos a esa niña. Emily comenzó a moquear de nuevo, pero intentó apartar las lágrimas; hacía tanto frío que era probable que se le congelaran en la cara. Sin embargo, su apego a Margaret era una razón más para marcharse cuanto antes, ya que esa era otra conexión que sólo sería más difícil de romper mientras Emily se quedara.

Cuando Duxford entró en su campo de visión, Emily se fijó en la diligencia aparcada frente a la oficina de correos.

—Oh, cielos —dijo, apurando sus pasos, sus pies comenzando a congelarse mientras la nieve mojaba sus botas. ¿Por qué parecía que últimamente intentaba morir congelada? Odiaba tener frío. Y sin embargo, el frío parecía ser su estado mucho más a menudo de lo que le gustaría.

Para cuando Emily llegó al centro del pueblo, sus mejillas estaban tan congeladas que se sentían casi cerosas al tacto, y su aliento era una nube alrededor de su cabeza.

Le pasó su pequeña bolsa al cochero, que estaba envuelto en tantas capas que Emily casi no podía verle la cara.

—¿A dónde va?

—A Newport —respondió ella.

—Ah, nada lejos, entonces, sólo la siguiente ciudad —dijo

él. —Pero habrá que esperar un poco. Acabamos de parar para calentarnos un momento. La mayoría de los demás están en la taberna.

—Gracias —dijo ella, apresurándose a entrar.

La taberna se encontraba en el primer piso de la posada, pero era casi como estar al aire libre, pues parecía que toda ella estaba cubierta de verdor. Ciertamente aquí la Navidad no había sido olvidada.

Emily tomó asiento en una pequeña mesa para dos personas que daba a la calle a través de la ventana, cuyos bordes estaban helados por el frío.

Pidió un chocolate caliente cuando el tabernero se acercó a preguntarle qué le apetecía, y una vez que llegó la taza, la rodeó con sus manos heladas.

Acababa de dar el primer sorbo cuando observó que un par de hermosos caballos se acercaban por el camino frente a la posada. Estaban unidos a un hermoso trineo. Conocía esos caballos, conocía ese trineo.

El conde de Doverton, se dio cuenta con un suspiro cuando Charles se bajó del trineo y se apresuró a conversar con el conductor de la diligencia antes de comenzar a caminar hacia la posada, con su capa ondeando a su alrededor, capturada por el viento.

Mientras que la entrada de Emily en la taberna había pasado casi desapercibida, cuando Charles atravesó la chirriante puerta de madera que era apenas más alta que él, todas las cabezas se volvieron hacia su persona. Sin embargo, apenas le dedicó una mirada a nadie más, y el corazón de Emily dio un salto cuando sus ojos se encontraron con los de ella desde el otro lado de la habitación.

La había seguido. Eso significaba... pero no, simplemente estaba preocupado, leyó ella en su mirada. Se apresuró a acercarse a ella, como si le preocupara que fuera a huir, aunque supuso que eso tenía sentido, pues ya lo había hecho una vez hoy.

—Emily —la saludó con un tono serio mientras se sentaba frente a ella, aunque no hizo ningún movimiento hacia ella porque aparentemente temía una recepción fría. —Te marchaste.

—Tuve que hacerlo.

—No, no tenías que hacerlo —dijo con urgencia, sacudiendo la cabeza. —No era mi intención rechazarte, Emily. Es sólo que...

—Lo comprendo, de verdad —respondió ella, entrelazando los dedos en un esfuerzo por evitar que se acercaran a los de él a través de la mesa. —Nos estábamos acercando demasiado cuando me iba a ir de todos modos. Sé que me he ido antes de lo prometido, pero no tomaré tu dinero.

—Toma todo el dinero que quieras, no me importa.

—No podría.

—Debes hacerlo.

Emily no dijo nada en respuesta, porque había dicho todo lo que había que decir. Había dicho la verdad. No importaba lo que Edward hubiera descubierto, no importaba su amenaza, Emily sabía que ella y Charles podrían afrontarlo juntos. Pero sería demasiado difícil a solas.

—¿Por qué... por qué no te despediste? —preguntó él, y Emily leyó el dolor en su expresión normalmente estoica.

—Porque —dijo ella con la voz quebrada —, era demasiado doloroso.

—No tiene por qué serlo —dijo él, extendiendo las manos por encima de la mesa para que ella pusiera las suyas en ellas. —Vuelve, Emily, por favor. Ya se nos ocurrirá algo, te lo prometo. No sé qué, pero todo lo que sé ahora es que no puedo perderte.

—¿Qué hay que determinar? —preguntó ella, con una

lágrima escapando de sus ojos. —Necesitas un heredero, o si no Thaddeus va a heredar todo. ¿Puedes vivir con eso?

Charles guardó silencio, y Emily pudo notar que estaba luchando con el dilema.

—No es justo hacerte elegir —dijo ella suavemente—, así que yo elegiré por ti. Vete a casa, Charles. Vuelve a casa con Margaret y sé el mejor padre que puedas ser para ella. Encuentra una prometida —se tragó un sollozo— que pueda darte todo lo que necesitas, y que te proporcione todos los herederos que puedas desear. Estaré bien.

No lo estaría, pero no podía decírselo.

—¡Todos aquí para la diligencia, estamos abordando!

Emily levantó la vista cuando el conductor los llamó, agradecida por la interrupción, y comenzó a levantarse.

—Adiós, Charles.

—Emily...

—Por favor, Charles —dijo ella desesperadamente— sólo empeorará las cosas.

—Al menos déjame llevarte el resto del camino en el trineo.

—No puedo dejarte hacer eso —dijo ella, pues no podía pasar ni un momento más con él o podría romperse y acceder a hacer cualquier cosa que se requiriera para estar con él. —Vete a casa. A casa con tu familia, con tu hija. Y gracias.

—¿Por qué? —preguntó él, con voz ronca.

—Por mostrarme lo que es el amor de verdad —dijo ella, acunando su cara en la palma de la mano por un momento antes de darse la vuelta, levantarse la capucha y salir corriendo de la posada antes de que las lágrimas empezaran a fluir de verdad.

CAPÍTULO 20

Charles estaba en estado de shock cuando llegó a Ravenport. Su familia intentó preguntarle dónde había estado y qué había hecho con la señora Nicholls, pero no se molestó en responder. En lugar de eso, se dirigió a la sala de música, sabiendo que era mejor no revisar el cuarto de los niños. Su hija apenas parecía utilizar la habitación que había creado para ella, con casas de muñecas y todos los juguetes que un niño pudiera desear.

Al parecer, no importaba cuántos objetos le diera un padre a una niña si ese padre no le mostraba también lo que era realmente el afecto.

Su hija nunca había sido una niña demasiado habladora, pero ahora se daba cuenta de que no era difícil averiguar sus sentimientos: sólo había que escuchar la música que tocaba. A medida que se acercaba a la sala de música, podía oír la desolada melodía que salía de sus dedos, a través de las teclas y por el pasillo curvo. Le hizo llorar, ya que reflejaba con tanta precisión sus emociones actuales.

No llamó a la puerta hasta que los últimos acordes menores se apagaron y ella se quedó sentada un momento, mirando el piano que tenía delante, sin que se viera una sola hoja de música.

—¿Margaret? —dijo él, entrando en la habitación sólo cuando ella se volvió para saludarlo.

—Padre —dijo ella en voz baja, y él se acomodó lentamente en la silla frente al banco del piano para que ella pudiera verlo sin girarse. Ansiaba tomarla en sus brazos, abrazarla para que se reconfortaran mutuamente, pero no sabía si ella estaba aún preparada.

—Lo siento, Margaret —dijo él inclinándose hacia delante, con la cabeza entre las manos ante su sombría niña. Se dio cuenta de que la habían privado de una infancia, y no podía culpar a nadie más que a sí mismo.

—¿Por qué? —preguntó ella en voz baja.

—Por todo. Por traer a Emily aquí, por despertar cualquier esperanza que pudieras tener. No me había dado cuenta de que ella sería tan... —buscó la palabra adecuada.

—¿Maravillosa?

—Sí, maravillosa —dijo con un suspiro. —Realmente lo es, ¿verdad?

—Lo es, padre —dijo Margaret, bajando la mirada a sus manos en el regazo antes de levantar sus ojos verdes como el mar hacia los de él. —¿La quieres tanto como yo?

—Sí —admitió él.

—¿Entonces por qué la dejaste ir?

—Es difícil de explicar —contestó lentamente. —Sin embargo, como sabes, no estaré siempre aquí. Esta propiedad, el título y todo lo que contiene, pasará a manos de otro. Si fuera sólo el edificio en sí, o la tierra, no me preocuparía tanto. Pero es la gente, Margaret. No puedo permitir que los sirvientes y los arrendatarios sean gobernados por Edward o Thaddeus. No se preocupan por los demás, sólo por ellos mismos. ¿Cómo podría yo ser tan egoísta como para dejarles todo a ellos?

—¿Por qué se convertirían en conde? —preguntó ella, con la inocencia, pensó él, de los ojos abiertos de un niño. —¿No sería yo la condesa?

Charles se arriesgó a estirar la mano para pasarla por su liso cabello.

—Desgraciadamente, querida, eso no puede ser —dijo con un suspiro. —El título pasa por la línea masculina.

—No, no es así —replicó ella, mirándolo como si fuera un tonto.

—Bueno, sí —dijo él, tratando de ser amable con su hija. —Es que es así.

—No, no lo es —argumentó ella, volviéndose inflexible ahora. —Lo dijo el abuelo.

—¿El abuelo?

—Sí —insistió ella. —Y mamá también. No querían que lo supieras.

—Creo que yo sabría de la herencia de mi propia línea —dijo, maldiciendo a Miriam y sus mentiras, pero logró una sonrisa para Margaret para aliviar sus palabras.

—No, el abuelo se aseguró de que no lo supieras —dijo ella, sacudiendo la cabeza y mirándolo fijamente. —Mamá dijo que él siempre odió el hecho de que una mujer pudiera heredar el condado, así que se aseguró de ocultártelo. Mamá lo descubrió un día cuando estaba en su estudio y le preguntó por ello. Él le dijo la verdad, pero le hizo jurar que no te lo diría.

Charles casi no podía respirar, tan abrumado estaba tanto por el conocimiento como por el engaño. En todo este tiempo, ¿nunca había sabido que *su hija* podía heredar?

—¿Tu madre lo sabía? —preguntó a Margaret cuando por fin recuperó el aliento, y ella asintió.

—Me dijo que no creía que fuera una gran vida, ser condesa y tener que preocuparse por toda la responsabilidad que debería ser de un hombre, así que tampoco quería que lo supieras.

—Ya veo —dijo Charles, entrelazando los dedos y llevando los pulgares hacia arriba para apoyarlos en la frente. —¿Y qué piensas tú?

Sabía que era mucho pedir. Sólo tenía ocho años, por el amor de Dios. Y, sin embargo, era más sabía que su edad.

—Creo... —dijo ella, frotándose la frente. —Creo que si me enseñaras, podría hacer un trabajo tan bueno como un hombre.

Charles sonrió. —Yo también creo que podrías. Deja que me ocupe de esto, ¿de acuerdo?

—Padre —Margaret lo miró, más sabia que su edad. —¿Tiene esto algo que ver con la señora Nicholls? Porque aunque me equivoque, bien podrías vivir más que cualquier otra persona que pudiera heredar, o podrías tener un hijo con la señora Nicholls, ¿no? Nunca se sabe lo que puede pasar.

Charles sólo pudo mirar a su hija con asombro. Tenía ocho años y, sin embargo, parecía estar llena de más sabiduría que una mujer de edad avanzada.

Porque tenía razón. Aunque haría todo lo posible para que su línea continuara con alguien que cuidara del título con toda la responsabilidad que requería, no podía predecir el futuro, ni controlar completamente la fortuna de ninguno de sus familiares.

Tomó sus manos entre las suyas.

—Tienes un punto muy bueno, querida —dijo. —Ahora, ¿qué te parece si vamos a contarle todo esto a la señora Nicholls?

Ella asintió, apareciendo hoyuelos en sus mejillas.

—Muy bien —dijo él. —Ahora, vamos a buscar tu capa más abrigadora.

***

—¡Emily!

Ni siquiera había comenzado a andar cuando Teresa salía corriendo por la puerta y bajaba a la calle sólo con un vestido, a pesar del frío. Envolvió a Emily en un abrazo más cálido que cualquier fuego, y Emily dejó caer su bolsa para apretar su espalda en igual medida.

—¡Oh, Emily, te he echado de menos!

—¡Yo también te he echado de menos! —exclamó Emily, con las lágrimas corriendo de nuevo por su rostro. Dios, había llorado más en estos dos últimos días que en años.

—La Navidad no fue lo mismo sin ti.

—¡Espera a que te enteres de la mía!

—¡Niñas!

Se volvieron hacia la voz de su madre desde la puerta de la casa. Emily se rio entre lágrimas al ver que su madre seguía refiriéndose a ellas como niñas a pesar de que ambas tenían más de treinta años.

—Entren antes de que les de fiebre.

Ya había pasado el punto en el que podría ponerse enferma, pero no iba a decírselo a su madre, pues ya tenía suficientes preocupaciones.

El abrazo de su madre fue tan cálido como el de su hermana, y pronto todas tuvieron lágrimas en los ojos.

—Me alegro de verte —dijo su padre después de acercarse cojeando a la puerta, con su barba blanca y erizada rozando el hombro de Emily de la forma más tranquilizadora cuando la abrazaba.

No importa la edad que uno tenga, pensó Emily, nada es como volver a casa con los padres.

Los olores del pan recién horneado, la carne rostizada y el verdor fresco invadieron a Emily cuando entró en el vestíbulo. El fuego en la chimenea rugía, la mesa estaba preparada para la cena y allí, en el centro, estaba el pudín de ciruelas.

—Todavía no lo hemos cortado —dijo su madre, siguiendo su mirada. —Estábamos esperando a que llegaras.

—Oh, madre. Gracias —dijo Emily con una sonrisa acuosa. —¿Ha venido la familia de James?

—Sí, celebraron con nosotros el día de Navidad —dijo su madre. —Nos pidieron que te deseáramos Feliz Navidad de su parte, y que esperaban que los visitaras una vez que llegaras a casa.

—Bien —dijo Emily con una sonrisa —y lo haré.

—Ven, cámbiate ahora —dijo su madre, llevándola a través de la habitación delantera a los dormitorios traseros, donde Emily sabía que su madre dejaba su dormitorio intacto para las veces que venían a casa de visita. —Una vez que te hayas refrescado, te daremos una manta y un plato caliente. Entonces el pudín de ciruela será.

Emily hizo lo que se le indicó y pronto se encontró sentada en una silla tapizada de felpa frente a la chimenea, con sus padres y su hermana en sus lugares habituales a su alrededor. Era como si el tiempo se hubiera detenido en la casa de sus padres.

Su madre le trajo una taza de té caliente junto con algo de la cena que habían preparado antes, y luego se sentó frente a ella, sacando sus agujas de tejer y su hilo. Se sentó, pero su postura no engañó a Emily. La miró a los ojos y le dijo: —Muy bien, dilo. ¿Qué ha pasado?

—Nada —dijo ella, intentando dejar de lado sus preocupaciones para no inquietar a sus padres. Pero ante la mirada inquisitiva de su madre, y con la mano de su hermana en el brazo, no tardó en contar toda la historia -con algunas omisiones- mientras su familia la escuchaba con miradas compasivas.

—Oh, cariño —dijo su madre, extendiendo una mano y poniéndola sobre su rodilla. —Lo siento mucho.

—Es mi culpa —dijo Emily con un suspiro. —Sabía de antemano cuál era la situación.

—Entonces, ¿por qué lo hiciste? —preguntó Teresa, y Emily vio su mirada inquisitiva, dudando de la mejor manera de responder a eso.

—¿Te pagaron por ello? —preguntó su padre con conocimiento de causa, y Emily asintió.

—Espero que no lo hayas hecho por nosotros —dijo antes de que sus palabras se disolvieran en toses, y Emily empezó a decir que no, pero sabía que sus padres verían a través de ella, como siempre.

—Pensé que no sería una tarea difícil por la ayuda que nos proporcionaría —dijo, bajando la mirada. —¿Cómo iba a saber que me enamoraría del hombre?

—Suena como si él te amara también —dijo Teresa gentilmente. —¿No podría él dejar de lado todas sus preocupaciones por ti, si es así como se siente de verdad?

—Es un hombre muy bueno como para eso —dijo Emily, escuchando la melancolía en su voz. —Se preocupa demasiado.

Todos guardaron silencio por un momento, pero luego saltaron cuando llamaron a la puerta.

—¿Quién será? —preguntó Emily con el ceño fruncido, mirando a sus padres igualmente perplejos.

—Yo iré —dijo su madre, pero su padre alzó la mano para detenerla mientras se levantaba lentamente de su silla.

—Un hombre puede atender su propia puerta, Mary —dijo cojeando hacia la puerta, y Emily compartió una mirada con Teresa. Tanto su lesión en la cadera como su tos sólo parecían empeorar desde la caída del año pasado.

La puerta finalmente se abrió con un chirrido y todas

estiraron el cuello para ver quién estaba detrás, pero no pudieron ver alrededor del padre de Emily.

—Feliz Navidad —le oyeron decir, pero el resto del intercambio fue amortiguado.

—¿Quién puede ser? —preguntó Teresa, y Emily se encogió de hombros como respuesta.

—¿Emily? —dijo su padre, volviéndose hacia ella. —Alguien ha venido a verte.

—¿Oh? —dijo Emily, levantándose, la manta cayendo de sus hombros para descansar en la silla.

Su corazón se detuvo cuando entraron Charles y Margaret.

CAPÍTULO 21

—¿Charles? —Emily jadeó, con el cuerpo tan congelado como durante su gélida búsqueda del tronco de Navidad mientras se ponía de pie y los miraba fijamente. —¿Qué hacen ustedes dos aquí?

Charles pudo ver la confusión en sus ojos, la batalla interna que se libraba en su interior entre darles la bienvenida y desear que él nunca hubiera venido. Pero nada de eso importaría en un momento.

Él cruzó desde el vestíbulo hasta el salón con unos pocos pasos rápidos, y antes de que pudiera pensar en lo que estaba haciendo o considerar que toda su familia estaba presenciando la escena, la tenía en sus brazos. Apoyó la cabeza de ella contra su hombro mientras la estrechaba contra él, cerrando los ojos mientras el aroma del romero subía desde su cabello hasta sus fosas nasales.

¿Cómo pudo haberla dejado ir? Qué tonto era.

Cuando por fin abrió los ojos, lo primero que vio fue a Margaret que lo miraba con una amplia sonrisa en la cara. Luego se dio cuenta de que todos los miembros de la familia de Emily lo miraban con expresiones desconcertadas, aunque intuía que iban acompañadas de sonrisas de placer.

Finalmente, una mujer que se parecía mucho a Emily, sólo que con algunas arrugas más y el cabello gris en lugar del color de la arena, dio un paso hacia ellos.

—Usted debe ser Lord Doverton —dijo ella con una cálida sonrisa. —Bienvenidos a nuestro hogar.

Charles soltó a Emily con reticencia y le dio la mano a la mujer.

—Gracias —dijo, mirando alrededor de la habitación a todos ellos. —Muchas gracias y mis disculpas por la interrupción.

Buscó a Emily una vez más, encontrándola agachada abrazando a Margaret. Por supuesto. No esperaba menos.

—Charles —dijo ella, mirándolo con una expresión sombría —, aunque estoy encantada de verte aquí, ¿crees realmente que este es el mejor camino a seguir? Lo hemos discutido, y...

—Emily —dijo él, tomándole las manos y poniéndola en pie —, hay mucho que contarte. Parece que todo lo que se hubiera interpuesto en nuestro camino ha desaparecido.

—Pero...

—La hermosa niña que está ante ti no es otra que la futura Condesa de Doverton.

Emily se volvió para mirar a Margaret, sus ojos marrón chocolate se abrieron de par en par cuando volvieron a Charles. —No lo entiendo.

—Parece que mi padre omitió algunos detalles importantes sobre el título de los Doverton. Nuestro linaje es uno de los pocos en Inglaterra que puede ser heredado por un hijo o una hija en caso de que no surjan varones.

—¿Cómo es posible? —exclamó ella, apretando sus dedos con más fuerza.

—Al parecer, hay un apartado especial en la herencia que

cualquier descendiente puede heredar, no sólo un varón —dijo Charles. —Al menos, eso es lo que pude suponer por la rápida lectura que hice de las cartas en mi estudio. Estaban enterradas tan atrás en la estantería que casi no las encontré. No puedo decir que haya tardado mucho en revisarlas, ya que Margaret y yo estábamos bastante ansiosos por seguirte.

—Fueron significativamente más rápidos que la diligencia, eso es seguro —dijo Emily, tan práctica como siempre, aunque todavía llevaba una mirada de confusión.

—Además de eso —dijo Charles, apretando sus manos y mirándola profundamente a los ojos para que supiera lo serio que iba a ser con sus siguientes palabras —, por fin me he dado cuenta de que, aunque me equivoque, no importa.

—¿De qué estás hablando? —preguntó ella. —Por supuesto que importa.

—No importa —dijo él, sacudiendo la cabeza. —Durante mucho tiempo he intentado controlar el futuro y las vidas de más personas que solo yo. Pero de lo que debería haberme dado cuenta hace tiempo es de que hay muchas cosas que no están bajo mi control. Me casé con Miriam pensando que me daría múltiples herederos, pero no fue así. Entonces ella murió, lo que nadie podría haber predicho. Y luego te conocí a ti y me enamoré de ti, algo que ciertamente no había planeado.

Los ojos de ella se abrieron significativamente cuando él admitió sus sentimientos. Su boca se abrió y se cerró, pero no salió ningún sonido.

—No puedo saber qué nos deparará el futuro —continuó. —Aunque nuestras suposiciones resulten erróneas, no sabemos si tú y yo tendremos hijos juntos. No sabemos si Edward tendrá alguna vez el título, si lo hace, ni si Thaddeus mostrará algún interés en vivir en Ravenport o en administrar él mismo la propiedad. Tal vez se limitaría a quedarse en Londres, como ya hace, y permitiría que un administrador, con suerte competente, gestionara sus asuntos.

Miró a su alrededor ahora, sabiendo que les estaba explicando a todos, ya que se aferraban a sus palabras con atención embelesada.

—Sin embargo, hay una cosa sobre la que sí tengo control —dijo con urgencia, implorando a Emily que lo entendiera. —Es casarme con la mujer que amo y pasar mi vida tan feliz como podría esperar. Y —dijo, extendiendo una mano para atraer a Margaret hacia ellos —puedo estar ahí para mi hija, demostrándole lo mucho que la quiero. Puedo ser un ejemplo de cómo debe ser el amor entre un marido y una mujer. Y puedo permitir que tú, Emily, estés también en su vida.

Se hincó sobre una rodilla frente a Emily y tomó una de sus manos entre las suyas.

—Emily Nicholls —dijo, tragándose el nudo en la garganta —, eres la mujer más cariñosa, inteligente y atenta que he conocido. Eres cálida, amable y cariñosa, y me has demostrado que la vida es algo más que el deber y la responsabilidad. No puedo decir que alguna vez seré el espíritu despreocupado que probablemente te mereces, pero haré todo lo posible para hacerte feliz el resto de mi vida. ¿Quieres ser mi esposa?

Ella sonrió ampliamente, con los ojos llorosos, mientras se agachaba para tomar su cara entre sus suaves -congeladas- palmas.

—Sí, por supuesto que me casaré contigo, Charles —dijo ella, lo que provocó la ovación de su hermana y los saltos de Margaret, mostrando más emoción de la que Charles había visto nunca en ella.

Sintió que su corazón estaba a punto de estallar cuando levantó a Emily, haciéndola girar antes de ponerla de pie y tomar su boca en un largo y prometedor beso, lo suficientemente casto como para ser apropiado delante de su hija y de la familia de Emily, pero lo suficiente como para recordarle todo lo que había entre ellos y el futuro por venir.

Al dejarla en el suelo, llamó la atención de su padre.

—Es decir, si le parece bien, señor Nowell.

El hombre se rio mientras se acariciaba la barba. —Por supuesto que sí, Lord Doverton.

—Charles.

—Charles, entonces. Bienvenido a la familia.

—Y a ti —dijo la señora Nowell, agachándose frente a Margaret—, parece que te vendría bien un poco de budín de ciruelas. ¿Qué dices?

—Creo que es una excelente idea —dijo Margaret con su voz pequeña pero seria, y el resto se rio ligeramente.

—Vamos, vamos —dijo la señora Nowell, tomando la mano de Margaret y llevándola hacia la mesa, donde recogió el pudín de ciruelas del centro. —El resto de ustedes siéntense mientras nosotras dos vamos a preparar esto.

Mientras el señor Nowell y la hermana de Emily las seguían hacia el comedor, Charles aprovechó el momento con Emily para él solo para otorgarle otro rápido beso en los labios mientras la rodeaba con sus brazos por la cintura.

—¿Estás seguro? —preguntó ella, sus ojos buscando los de él. —Soy una institutriz viuda, Charles. No soy la clase de mujer adecuada para convertirse en condesa.

—Creo que soy yo quien debe juzgar eso —dijo él con severidad. —Eres todo lo que podría pedir, Emily. Recuérdalo.

—Muy bien —dijo ella, apareciendo un hoyo en su mejilla. —Haré lo que dices, al menos en este aspecto.

A continuación se rio y colocó la mano de ella en el pliegue de su codo mientras la conducía a la mesa como si la estuviera acompañando en el más apropiado de los bailes. Le sostuvo la silla y la ayudó a sentarse, ocupando el asiento de al lado justo cuando la señora Nowell entró con Margaret a su lado. Las dos sostenían una bandeja con una gran bola moteada de pudín de ciruela. Un trozo de acebo estaba encima, mientras que alrededor del pudín ardía espectacularmente lo que Charles supuso que era brandy.

El fuego se reflejaba en los ojos de Margaret, que bailaban de emoción. Entonces ella se subió a su regazo, y Charles pensó que si su corazón se llenaba más, podría estallar en su pecho.

—La señora Nowell dice que hay todo tipo de objetos horneados en este —le susurró ella—. ¡Así que ten cuidado mientras comes!

—Eso haré —le respondió en voz baja al oído mientras la señora Nowell empezaba a servir los trozos.

Margaret comenzó al instante a cortar el suyo en varios bocados, gritando "¡un hueso de la suerte!" cuando encontró lo que buscaba.

—Ah —dijo el señor Nowell, levantando un dedo en el aire—, eso es para la suerte.

—¡Tu pedazo tiene un anillo, padre! —exclamó Margaret después de buscar en su trozo de pastel, y él sonrió por lo perfecto que era.

—¿Qué ha encontrado, señora Nicholls? —preguntó al tiempo que Emily se sacaba algo de la boca.

—Un ancla —dijo con una pequeña sonrisa.

—Ah —dijo su madre con complicidad —, para un puerto seguro.

Recorrieron la mesa repasando todas las piezas que se encontraban dentro del pudín. Mientras Charles los miraba a todos, con sus rostros bellamente iluminados por la luz de las velas del centro de la mesa, se dio cuenta de que nunca en su vida había sabido realmente lo que significaba formar parte de una familia.

La familia podía adoptar muchas formas, pero estas

personas le habían enseñado más en una hora que su propia familia en toda su vida.

—Gracias —dijo, levantando una copa de vino que el padre de Emily había servido —por invitarnos a mi hija y a mí a su casa.

—Bueno, si tienes a Emily, ahora nos tienes a todos nosotros para el resto de nuestras vidas —dijo Teresa riendo —, así que bienvenidos, Charles y Margaret.

Chocaron las copas en el centro de la mesa, y con el pudín de ciruelas delante de ellos, la alegría de la acogedora casa de ladrillo y el calor de la gente alrededor de la mesa, Charles encontró por fin el espíritu navideño del que Emily había hablado desde el momento en que había llegado a su vida.

Se inclinó junto a ella.

—Feliz Navidad, Emily.

—Feliz Navidad, Charles.

CAPÍTULO 22

—Charles —dijo Emily a la mañana siguiente mientras la familia se sentaba alrededor de la mesa del desayuno. —¿Qué hay de toda la gente que te espera en tu mansión?

Charles se encogió de hombros. —He decidido que ya no me importa.

—¡Charles!

—Bueno, ¿por qué habría de hacerlo? —preguntó. —Sólo vienen cada Navidad a valorar lo que creen que algún día será suyo o a compararse con nosotros. Creo que ha llegado el momento de que comience una nueva tradición, uniéndome a la tuya —dijo. —A partir de ahora, celebraremos la Navidad juntos aquí.

—¡Pero si siempre tienes a tu familia durante las fiestas! —exclamó ella. —Y tu celebración de Noche de Reyes - oh, querido, es dentro de unos días.

—Quizá podamos seguir con ese festejo —se comprometió él —pero vendremos aquí para Navidad.

Emily asintió, mordiéndose el labio. —Dios mío, todo está cambiando tan rápido.

—¿No eres feliz? —preguntó él antes de desear no haberlo hecho. Prefería escuchar su respuesta cuando estuvieran los dos solos, y no delante de toda su familia.

—Oh, lo soy —dijo ella, dándole lo que esperaba que fuera una sonrisa tranquilizadora mientras le apretaba la pierna por debajo de la mesa. —Es que... Henrietta y Michael—. Miró a su familia y explicó: —Los hijos de Lord y Lady Coningsby. Son unos niños maravillosos, Charles, y los echaré mucho de menos. También odio dejarlos. ¿Cómo voy a saber que su próxima institutriz los cuidará bien? Sentirán que los he despreciado.

—Siempre puedes visitarlos —dijo Charles tranquilizadoramente —, no viven lejos.

—Será bastante extraño —pensó ella —, visitarlos como Lady Doverton en lugar de como su institutriz. Dios mío, lord y lady Coningsby se escandalizarán.

Charles ladeó la cabeza un momento, considerándolo. —Puede que sean más comprensivos de lo que crees.

—Eso espero.

—En cuanto a una institutriz para los niños...

Todos se volvieron en dirección a Teresa mientras ella hablaba. —Da la casualidad de que estoy buscando un puesto, y si disfrutaron de su tiempo contigo, Emily, entonces tal vez podrían estar de acuerdo en tener a alguien similar.

—¡Oh, Teresa, eso sería maravilloso! —exclamó Emily, dando una palmada. —Siempre que Lord y Lady Coningsby estén de acuerdo.

—No veo por qué no lo harían —dijo Charles encogiéndose de hombros. —Estoy seguro de que valorarán tu recomendación.

—Son bastante agradables —dijo Emily. —Oh, qué maravilloso, Teresa.

—¡Qué maravilloso para todos nosotros! —exclamó Teresa, y todos rieron.

Emily miró alrededor de la mesa, la sonrisa en su cara tan cálida como la felicidad en su corazón. Qué temerosa se había sentido al entrar en la mansión de Charles hacía tan sólo unas semanas. Ahora, su corazón estaba lleno.

—¿Qué pasa? —preguntó Charles, percibiendo su contemplación.

—Es un milagro de Navidad.

* * *

A pesar de la insistencia de Charles en permanecer con la familia de Emily el mayor tiempo posible, pronto llegó la hora de regresar, ya que la celebración de la Noche de Reyes tendría lugar con o sin ellos, y Emily acabó por convencerlo de que no podía eludir todas sus responsabilidades como conde.

—Además —dijo ella, sonriendo con cierta maldad —¿no estás anticipando la mirada de Edward cuando le informes de la futura herencia de Margaret?

—Ah, sí —dijo él, las arrugas en la esquina de sus ojos creciendo con el tamaño de su sonrisa. —Eso podría hacer que su visita de este año valiera la pena.

Emily se rio mientras los dos y Margaret se metían en el trineo de Charles y comenzaban el corto viaje de vuelta a Ravenport. Por suerte, el aire era algo más cálido que cuando había llegado a la casa de sus padres, aunque eso no impidió que necesitara acurrucarse en Charles para entrar en calor, aunque a él no pareció importarle.

—Otra cosa, Emily —dijo él, rodeándola con un brazo —, haré que mi médico viaje para ver a tu padre la semana después de que termine la época navideña. Su tos parece estar cerca de la neumonía.

—Empeora cada vez que lo veo —dijo ella con gravedad.

—Haremos lo que podamos para ayudarlo —dijo él con

determinación en su rostro. Parecía que una vez que Charles decidía que alguien o algo estaba bajo su cuidado, se negaba a ser disuadido de su objetivo.

—Gracias por acompañarme a ver a la familia de James —dijo, volviéndose hacia él. —Creo que se alegraron de saber que estoy en buenas manos.

—Puedo ver por qué te uniste a su familia —dijo él. —Son gente encantadora.

—Supongo que será mejor que me cambie antes de volver a enfrentarme a tu familia —dijo Emily mientras imaginaba el monótono vestido de trabajo oculto bajo las capas y mantas que su madre había insistido en que se llevaran.

—No importa —dijo Charles encogiéndose de hombros. —Ponte lo que quieras. Que sepan quién eres de verdad, porque esa es la mujer de la que me enamoré.

Emily le sonrió, aunque esperaba estar ocultando la preocupación que iba surgiendo poco a poco en su interior.

Como si supiera exactamente lo que ella estaba pensando, Charles habló una vez más.

—No importa lo que mi familia piense de ti. Si dicen algo despectivo, pueden irse de inmediato. Están aquí como mis invitados, y por extensión, también los tuyos. Ahora vas a ser la señora de la mansión, Emily. Me parece bien cómo actúes en ese papel, pero lo que no permitiré es que nadie lo cuestione.

Emily asintió, fijando su barbilla con determinación.

Lo cual fue una suerte, porque iba a necesitar toda esa fortaleza.

—Ah, Edward, veo que te has puesto cómodo —dijo Charles mientras conducía a Emily al salón poco después de su llegada. Miró a Emily, con la preocupación en el rostro mientras se inclinaba para preguntarle si aún tenía frío, pero ella le sonrió de manera tranquilizadora.

—Estoy bien, pero gracias —dijo ella. —¿Ves? Mis dientes han dejado de castañear.

Él asintió, pero la acercó a su lado como para calentarla, un movimiento que recibió la mirada del resto de los ocupantes de la habitación.

Edward estaba de pie junto al aparador, sirviendo dos copas de brandy, una para él y otra para Thaddeus, mientras ordenaba a uno de los lacayos que trajera una bandeja de pastelillos.

—Vaya, vaya, mira quien ha decidido volver a casa —dijo Edward con una sonrisa. —¿Trajiste a tu institutriz, Charles? Sólo tengo una pregunta: ¿sabías que era institutriz antes o después de elegirla para que se hiciera pasar por tu prometida?

El resto de los ocupantes de la sala se volvieron hacia ambos con asombro. Las mejillas de Emily se calentaron considerablemente, pero Charles era siempre el estoico Señor de Ravenport. Emily podía ver por qué él consideraba que su conducta sin emociones era una ventaja para su papel. Si nadie sabía lo que tenía en mente, sentía que eso le daba una ventaja. Tal vez no fuera tan propicio para un hombre que intentaba conocer mejor a su hija de ocho años, pero, en este caso, era oportuno.

Una de las comisuras de su labio se curvó mientras el fantasma de una sonrisa jugaba en ella, y él se acercó lánguidamente a donde estaba Edward, tomando el decantador de su mano y luego sirviendo un trago para sí mismo. Levantó su vaso hacia Edward, Thaddeus, y luego se volvió hacia la estancia.

—Como toda mi familia está presente en este momento —dijo, y su mirada se posó en Emily, que permanecía cerca de la puerta —me gustaría invitarlos a nuestra boda. He hablado con el ministro y celebraremos la ceremonia en cuanto se puedan leer las amonestaciones, pero antes de que comience la Cuaresma. Así que, si lo desean, pueden volver para la boda dentro de poco más de un mes. ¡Oh! —levantó un dedo para añadir algo más, y Emily ladeó la cabeza, curiosa por lo que pudiera decir.

—Son bienvenidos a quedarse sólo una noche. Luego volverán a casa o buscarán otro alojamiento.

Sus primos lo miraron fijamente, con la boca abierta, aunque ninguno de ellos respondió a sus palabras. Si Emily no hubiera escuchado a Charles directamente, habría pensado que estaba hablando un idioma diferente por lo confundidos que parecían todos.

Emily se mordió el interior de la mejilla mientras intentaba no deshacerse en carcajadas.

—Pero Charles —dijo Edward, extendiendo las manos frente a él —, este puede ser nuestro hogar algún día. No estoy seguro de qué hemos hecho para merecer tu ira.

—Permíteme primero abordar tus... malentendidos —dijo Charles, cruzando para sentarse en una de las delicadas sillas rosas, donde se veía elegantemente masculino. —Edward, actúas como si fueras el mismísimo Príncipe Regente cuando ni siquiera tienes un título. Muestra un poco de compasión, un poco de respeto por los demás, aunque no pertenezcan a la nobleza. Y mete a tu hijo en cintura. Si compromete a una de las doncellas, se casará con ella, te guste o no. Y... —alargó la palabra mientras daba un sorbo a su bebida. Emily se dio cuenta de que estaba disfrutando enormemente. —Ninguno de los dos será el señor de esta mansión. De hecho, no habrá ningún señor, sino una dama.

Edward se dirigió hacia él, con la cara manchada de rojo por la furia.

—¿De qué hablas? —preguntó, subiendo la voz con cada sílaba. —¿Quién más va a heredar? ¿O es que tu amante ya está esperando, a pesar de su avanzada edad?

—No es mi amante —dijo Charles, completamente tranquilo, lo que no hizo sino enfurecer aún más a Edward, aunque Emily adivinó que ésa era exactamente la intención de Charles. —Será mi esposa dentro de unas cuantas semanas. Tampoco es de edad avanzada. De hecho, tu propia esposa es bastante mayor que ella.

Al otro lado de la habitación, Leticia comenzó a protestar, pero Charles la ignoró.

—Para responder a tu pregunta, no, no está esperando un hijo. Es mi hija la que heredará.

Los jadeos resonaron en la sala antes de que surgiera un lento murmullo.

—Debo esperar a que el abogado revise los documentos, pero si entiendo bien lo que estoy leyendo, entonces la línea pasará por cualquier retoño mío, no sólo por un hijo.

—¡Esto es ridículo! —exclamó Edward, pero Charles se limitó a encogerse de hombros y levantó un pastelillo de la bandeja que un lacayo había colocado en la mesa entre todos ellos y se lo llevó a la boca.

—Mmm, delicioso —dijo y luego le tendió uno a Emily. —Toma cariño, debes probar uno.

Edward resopló y se dio la vuelta, apoyando las manos en el aparador. —Los invitados llegarán en cualquier momento.

—Ah, sí —dijo Charles, levantándose ahora. —Es hora de determinar nuestros papeles para la noche. ¿Toller?

Su mayordomo entró obedientemente, con las manos llenas.

—Una tarjeta para cada uno de ustedes —dijo con una sonrisa, pues tanto él como Emily sabían lo que tenían para cada uno de los habitantes de la habitación. —Estoy deseando que llegue esta noche.

* * *

Fue una velada que Charles recordaría el resto de su vida. Siempre habían celebrado la Noche de Reyes, pero ésta era diferente a todas las que él había celebrado antes. Sus primos se retiraron a la cama tan temprano como podría considerarse, incluso, oportunamente educado.

—Tal vez —dijo Emily, mientras ella y Charles se sentaban juntos en el sofá frente al fuego, los únicos que quedaban despiertos en las primeras horas de la mañana —, su marcha tuvo algo que ver con los personajes que se vieron obligados a interpretar durante la noche.

—¿No crees que Edward disfrutó con el suyo? —preguntó Charles con una carcajada.

—Hmm —dijo Emily, llevándose un largo dedo a sus hermosos labios aterciopelados. —Creo que nunca, por el resto de mi vida, olvidaré la imagen de él de pie, con su disfraz, anunciándose a sí mismo: "Tomad a Joe Giber, el bufón del rey, es el individuo para vuestro yugo, Aunque el matrimonio, hay que confesarlo, para la mayoría de los ingenios no se considera una broma". Creo que lo mejor de todo fue que convertiste a Toller en el rey de la noche —dijo Emily con una risa.

Como era costumbre, los criados habían participado sólo esa noche. Al principio parecían un poco nerviosos, pero rápidamente se unieron al jolgorio.

—¿Y lo mejor de todo? —dijo Charles, las líneas que rodeaban sus ojos se relajaron. —Para mañana por la noche, todos ellos se habrán ido. Nos despediremos de ellos como del verdor y de toda la decoración navideña. Lo que nos dejará a ti y a mí.

—Aunque realmente no creo que tú y yo debamos quedarnos solos aquí en Ravenport —dijo Emily, preocupándose, y Charles asintió.

—Estoy de acuerdo en eso —dijo —, por eso le he pedido a tu familia que venga de visita hasta después de la boda.

—¿De verdad? —Una amplia sonrisa se dibujó en su rostro. —Gracias, Charles.

—Cualquier cosa —dijo él, apoyando la barbilla sobre su cabeza mientras ella se acurrucaba hacia él.

—Ahora, ¿qué te parece si vamos a ver si hay restos del pastel de Noche de Reyes?

—Me parece una idea maravillosa —dijo ella, armándose de valor. —Pero primero...

Inclinó la cabeza para mirar hacia él, moviendo su cuerpo para estar a horcajadas sobre él. Tomó su cara entre las manos, luego se inclinó y colocó sus labios sobre los de él. Estaba indecisa, insegura de cómo avanzar cuando ella era la iniciadora. Pero su invitación era todo lo que él necesitaba y, tanto si percibía sus dudas como si no, no tardó en hacerse cargo, devorando sus labios con los suyos. Sus fuertes dedos masajearon la parte posterior de su cabeza, liberándola de todas las horquillas que mantenían su moño en su sitio. Pronto su larga cabellera flotó sobre sus hombros, y ella sintió una oleada de poder en su interior mientras se inclinaba hacia él. Él la deseaba. A ella, a Emily Nicholls. Y no sólo como su amante, como una mujer con la que disfrutar, sino como su esposa.

Cuando por fin la acompañó por la mansión para llevarla a su dormitorio, se detuvo bajo la entrada del salón.

—¿Qué te parece si le damos un buen uso a este muérdago por última vez antes de que desaparezca por este año? —preguntó con un brillo en los ojos.

—Yo diría que es una muy buena idea, de hecho —dijo Emily con una risa, y cuando se inclinó para besarlo, dejó escapar un grito de sorpresa cuando sus brazos la rodearon y prácticamente la doblaron hacia atrás mientras le daba un beso que ella pensaba que sólo ocurría en los sueños.

—Gracias —dijo él cuando finalmente la dejó en el suelo.

—Creo que debería ser yo quien te dé las gracias —dijo ella riendo.

—No —negó él con la cabeza. —Gracias *a ti* por venir y convertir esta propiedad vacía en un hogar. Por reunirme con mi hija. Por mostrarme que la Navidad es un momento para celebrar a la familia y todo lo que tenemos la suerte de tener en la vida. Que el deber y la responsabilidad no lo son todo y que uno necesita más para vivir una vida adecuada. Te amo, Emily.

—Y yo a ti, Charles.

EPÍLOGO

Once meses después

—Por favor tomen asiento.

Emily y Charles se sentaron obedientemente uno al lado del otro en el largo sillón azul que bordeaba la pared de la sala de música. Se había convertido en el lugar perfecto desde el que ella y Charles podían disfrutar de los frecuentes conciertos de Margaret.

Compartieron una pequeña sonrisa cuando Margaret, cuya estatura parecía tan diminuta detrás del enorme pianoforte, se puso de pie y se dirigió a ellos.

—Como pronto nos iremos a Newport, he pensado que es mejor compartir mi regalo de Navidad con ustedes antes de partir.

Se sentó remilgadamente, se aclaró la garganta y entonces la melodía comenzó a fluir de sus labios y sus dedos. Cantó a la Navidad, a la familia y al amor que los envolvía a todos.

Charles le entregó a Emily su pañuelo para que se secara

las lágrimas que le corrían por la cara, pero tras una rápida mirada a su lado, Emily se lo devolvió para que él pudiera secar las suyas también.

Cuando ella terminó, ambos se quedaron sentados, atónitos por un momento, antes de levantarse como uno solo y aplaudir a la niña.

—Eso fue muy hermoso, Margaret —dijo Emily, la primera en recuperar la compostura.

Representaba todo lo que significaba su familia, todo lo que les había unido y lo que el futuro les depararía a todos.

—Tendrás que volver a tocarla cuando lleguemos a casa de los padres de Emily —dijo Charles con una sonrisa aguada —porque sé que les encantará tanto como a nosotros.

—Por supuesto —dijo ella, y cuando rodeó el piano y Charles le tendió los brazos, se acercó de buena gana, precipitándose hacia ellos para aceptar su abrazo. Emily se llevó una mano al corazón ante el amor que ahora se expresaba libremente entre padre e hija. Emily no estaba segura de lo que le habría pasado a la niña sin saber lo mucho que le importaba a su padre, pero se alegraba enormemente de que Margaret supiera lo mucho que significaba para él.

Estaba igualmente agradecida por la salud de su propio padre. El médico de Charles había hecho una especie de milagro y, aunque los pulmones de su padre nunca se recuperarían del todo, estaban empezando a curarse.

—Ahora —dijo Emily—, tengo una sorpresa para ti.

—¿Sí? —dijo Margaret, mirándola con los ojos muy abiertos.

—Sí —confirmó Emily, extendiendo la mano. —¿Has hecho alguna vez pudín de ciruelas?

—No —dijo Margaret sacudiendo la cabeza. —¿Lo has hecho, padre?

—No lo he hecho —respondió él con un guiño. —Pero parece que ambos vamos a aprender a hacerlo hoy.

Bajaron a la cocina, donde la cocinera los recibió con una sonrisa. Emily le había advertido de la interrupción en su cocina hoy y, además, la señora Graydon había encontrado, afortunadamente, otro puesto y ya no intentaría imponer su voluntad.

Charles observó cómo Emily y Margaret tamizaban los diversos ingredientes en el cuenco, y finalmente llegó el momento de revolver.

—Muy bien, Margaret —dijo. —¿Por qué no revuelves tú primero? En el sentido de las agujas del reloj, y mientras revuelves, asegúrate de pedir un deseo.

Le dio la cuchara de madera, y la niña cerró los ojos obedientemente y removió el pudín.

—¿Charles?

Él asintió, tomó la cuchara e hizo lo que se le pidió.

—Tu turno, Emily —dijo Margaret, y Emily asintió, sonriendo mientras pedía su deseo.

Cuando abrió los ojos, descubrió que Margaret la observaba expectante desde donde estaba sentada en el borde de la encimera, con las piernas colgando sobre el borde.

—¿Qué has deseado? —preguntó Margaret.

—Bueno, no debería revelar mi deseo, ¿verdad? —. Emily respondió con una risa, pero la expresión seria de Margaret se mantuvo.

—¿Deseaste tener hijos? Y tú, padre, ¿deseaste tener un hijo?

—Oh, cariño —dijo Emily, apoyándose en el mostrador para poder mirar directamente a Margaret desde el mismo nivel. —Puedo decirte con toda seguridad que ese no era mi deseo. Si alguna vez somos bendecidos con más hijos, los acogeremos en nuestra familia, por supuesto. Sin embargo, si no lo conseguimos, soy perfectamente feliz teniéndote a ti en mi vida. Sé que nunca seré tu madre, pero ya que ella no está, seré la siguiente mejor opción".

Margaret asintió sagazmente, y cuando sus dientes chuparon su labio inferior, Emily supo que se esforzaba por no permitir que se le viera la sonrisa.

—No me importa tener o no un hijo —dijo Charles, acercándose al mostrador y tomando la mano de Margaret. —Nos tenemos el uno al otro, y eso es lo que verdaderamente importa.

Margaret sonrió ahora y luego levantó las manos para que Charles la ayudara a bajar del mostrador.

—¿Puedo ir a pedirle a la cocinera uno de sus pasteles ahora?

Emily sonrió ante su entusiasmo, y ante el hecho de que lo único que había necesitado era un poco de seguridad para que le volviera la sonrisa. Supuso que haría falta una buena dosis de amor para borrar la repetida insistencia de su madre de que su padre no se preocupaba por ella.

Charles rodeó con un brazo la cintura de Emily mientras ambos miraban detrás de Margaret, que cogió un pastelito y empezó a subir las escaleras.

—¿Lo decías en serio? —le preguntó él, haciéndola girar en sus brazos para que lo mirara. —¿Eres feliz?

—Soy más feliz de lo que las palabras podrían expresar —dijo ella con una sonrisa mientras él tomaba su mano y comenzaba a conducirla fuera de la cocina y hacia las escaleras.

—¿Porque es Navidad otra vez? —bromeó él.

—Esa es la cuestión, Charles —dijo ella mientras lo miraba —todos los días son Navidad cuando estoy contigo.

—Y este año hay un regalo que es mejor que cualquier otro —afirmó él. —No tenemos que pasar toda la temporada con mi familia.

—Aunque vendrán para la fiesta de Noche de Reyes —le recordó ella.

—Sí, me gustaría que no me hubieras convencido de eso.

—Siguen siendo tu familia, Charles —dijo ella. —Sería un error no verlos en absoluto.

—Pero ¿lo sería? —preguntó él con un suspiro, y ella se rio de su dramatismo.

—Bueno, siempre puedes volver a vestir a Edward de bufón si eso te hace sentir mejor.

—En realidad —dijo él, con una sonrisa ansiosa que le iluminaba la cara —lo haría.

Y mientras reían, con las manos unidas y su hija llena de espíritu frente a ellos, el corazón de Emily nunca se había sentido tan lleno.

Y supo que, fuera lo que fuera lo que les deparara el camino, lo afrontarían. Juntos.

—Padre, Emily —dijo Margaret mientras se daba la vuelta con una sonrisa. —Miren lo que Toller y yo hemos puesto esta mañana.

Emily miró hacia donde Margaret señalaba.

—Muérdago —dijo Emily, arqueando una ceja mientras miraba a Charles.

—Será mejor que no lo desaprovechemos —dijo él guiñándole un ojo, dejando salir al hombre que había escondido en su interior.

Se inclinó hacia ella, la besó larga y tendidamente, y Emily supo que su sola presencia era el mayor regalo que podía pedir. Un regalo que duraría todo el año.

Porque Charles le había dado lo que ella siempre había deseado pero, desde hacía años, nunca había pensado que sería su realidad: una familia propia.

FIN

* * *

Querido lector,

Espero que hayas disfrutado de la historia de Charles and Emily.

Si aún no te has suscrito a mi boletín de noticias, me encantaría que lo hicieras. Además de poder disfrutar de material de ampliación, recibirás enlaces a sorteos, ventas y nuevos lanzamientos, y lo sabrás todo sobre mi adicción al café, la lucha que llevo a cabo para mantener mis plantas saludables y en cuántos problemas se puede meter un perro adorable pero con aspecto de lobo.

https://www.elliestclair.com/espanol

También puedes unirte a mi grupo de Facebook, Ellie St. Clair's Ever Afters, y así mantener el contacto diariamente.

Hasta la próxima, y... ¡feliz lectura!

Con amor,
Ellie

* * *

OTRAS OBRAS DE ELLIE ST. CLAIR

Los escándalos de las inconformistas
Diseños para un duque
Inventando al vizconde
Descubriendo al barón
El experimento del criado

Las Rebeldes de la Regencia
Dedicada al amor
Sospechosa de amor

Novias Florecientes
Un duque para Daisy
Un marqués para Marigold
Un conde para Iris

* * *

Libros de ingles: www.elliestclair.com

SOBRE LA AUTORA

A Ellie siempre le ha gustado mucho leer, escribir y la historia. Durante muchos años ha escrito relatos cortos, no ficción, y ha trabajado en su verdadero amor y pasión: las novelas románticas.

En todas las épocas existe la posibilidad de un romance, y Ellie disfruta explorando diferentes periodos de tiempo, culturas y lugares geográficos. No importa cuándo ni dónde, el amor siempre puede prevalecer. Tiene una especial debilidad por los chicos malos y le encantan las heroínas fuertes en sus historias.

A Ellie y a su marido no hay nada que les guste más que pasar tiempo en casa con sus hijos y su cruza Husky. A Ellie se la puede encontrar en el lago en verano, empujando la carriola todo el año y, por supuesto, con su laptop en el regazo o un libro en la mano.

También le encanta mantener correspondencia con los lectores, ¡así que no dejes de ponerte en contacto con ella!

www.elliestclair.com
ellie@elliestclair.com

NOTAS

CAPÍTULO 16

1. **Snap-dragon**: juego para la época de Navidad. En un platón ancho y poco profundo lleno de brandy caliente, se introducen pasas y se le prende fuego. Consistía el atrapar las pasas y comérselas. La referencia más antigua es en la comedia "Love's Labour's Lost" (1594).